Dominación y Sumisión
Erótica Vol. 7
Erika Sanders

ERIKA SANDERS

Dominación y Sumisión Erótica Vol. 7

Erika Sanders
Serie
Dominación y sumisión erótica

Sinopsis

El séptimo volumen de la serie Dominación erótica consta de las siguientes novelas (2 ya publicadas y 1 nueva):

- ¿Sólo Amigos?:

Es una novela de dominación CFNM (Clothed Female Nude Male – La Mujer Vestida El Hombre Desnudo) un tipo de dominación femenina.

Nancy y Bob son amigos desde hace 20 años.

Es un momento complicado para Nancy.

Ha recibido una foto de una amigo donde se ve a su novio acompañado de otra mujer.

Bob siempre está ahí para apoyarla y consolarla.

¿Bob se dio cuenta que Nancy comienza a mirarle de otro modo más íntimo?

¿Se dejará dominar Bob por los deseos de su amiga?

- Compañeras de cuarto:

Vicky y Joyce son dos compañeras de cuarto en la universidad.

Vicky es delgada y de complexión débil y Joyce es ancha y fuerte.

Un día Joyce está viendo un programa escandaloso en el televisor mientras Vicky intenta estudiar.

Vicky reclama a Joyce que baje el volumen del televisor, pero al no hacerle caso ésta intenta hacerse con el mando a distancia.

Esto provoca que comience una lucha por el mando a distancia que acabe en una especie de lucha libre entre las dos.

Joyce se impone en la lucha a Vicky sometiéndola y...

- Después de clase:

La protagonista de esta historia es una profesora de clase de baile a donde acude por vez primera un matrimonio muy bien parecido.

Esta pareja son entrenadores de esquí por lo que tienen cuerpos muy bien formados y de formas marcadas.

La profesora de baile se queda deslumbrada por la belleza erótica de Stella, la esposa recién llegada a la clase.

¿Tendrá alguna oportunidad con ella un día que aparece sola, sin el esposo, en la sesión de clase?

Dominación Erótica volumen 7 son una serie de novelas de fuerte contenido erótico BDSM y, a su vez, el sexto volumen de la colección Dominación Erótica, una serie de novelas de alto contenido BDSM romántico y erótico.

(Todos los personajes tienen 18 años o más)

Nota sobre la autora:

Erika Sanders es una conocida escritora a nivel internacional, traducida a más de veinte idiomas, que firma sus escritos más eróticos, alejados de su prosa habitual, con su nombre de soltera.

Índice:

Sinopsis

Nota sobre la autora:

Índice:

DOMINACIÓN ERÓTICA VOL. 7 POR ERIKA SANDERS

¿SÓLO AMIGOS? UNA NOVELA DE DOMINACIÓN CFNM POR ERIKA SANDERS

CAPÍTULO 1

CAPÍTULO 2

CAPÍTULO 3

CAPÍTULO 4

CAPÍTULO 5

CAPÍTULO 6

CAPÍTULO 7

CAPÍTULO 8

CAPÍTULO 9

CAPÍTULO 10

CAPÍTULO 11

CAPÍTULO 12

CAPÍTULO 13

CAPÍTULO 14

CAPÍTULO 15

CAPÍTULO 16

CAPÍTULO 17

CAPÍTULO 18

CAPÍTULO 19

CAPÍTULO 20

CAPÍTULO 21

CAPÍTULO 22

CAPÍTULO 23

CAPÍTULO 24

CAPÍTULO 25

CAPÍTULO 26

CAPÍTULO 27

CAPÍTULO 28

CAPÍTULO 29

CAPÍTULO 30

FIN

COMPAÑERAS DE CUARTO (DOMINACIÓN ERÓTICA) POR ERIKA SANDERS

CAPÍTULO 1

CAPÍTULO 2
CAPÍTULO 3
CAPÍTULO 4
CAPÍTULO 5
CAPÍTULO 6
CAPÍTULO 7
CAPITULO 8
CAPÍTULO 9
FIN
DESPUÉS DE CLASE (DOMINACIÓN ERÓTICA) POR ERIKA SANDERS
CAPÍTULO 1
CAPÍTULO 2
CAPÍTULO 3
CAPÍTULO 4
CAPÍTULO 5
FIN

DOMINACIÓN ERÓTICA VOL. 7
POR
ERIKA SANDERS

¿SÓLO AMIGOS?
UNA NOVELA DE DOMINACIÓN CFNM
POR
ERIKA SANDERS

CAPÍTULO 1

Nancy estaba sentada en el sofá con el corazón en un puño.

Pero ella aún no estaba llorando.

Sentado a su lado, Bob se preguntó si eso cambiaría.

Todavía mirando la maldita foto en su teléfono, Nancy le preguntó a Bob:

"¿Crees que sus tetas son falsas?"

"No tan falsas como sus uñas", dijo Bob, tratando de mantener las cosas lo más livianas posible.

"Podrían ser reales", dijo Nancy, acercándose para ver mejor.

"¿Sus pechos o sus uñas?"

"Sus tetas. Sus uñas también pueden ser reales. ¿Alguna vez te diste cuenta de las uñas de Julia? Las suyas son reales".

"Está bien", dijo Bob asintiendo y encogiéndose de hombros.

No iba a discutir con Nancy, no mientras ella estaba ocupada lidiando con una foto como esa.

"¿Chris te envió esa foto?"

"Sí, pero ¿por qué Andy se lo enviaría a Chris?" Nancy se preguntó.

"Los derechos de fanfarronear."

"¿Crees que Chris tiene fotos mías en su teléfono?"

"¿Alguna vez dejaste que Andy te tomara fotos?"

Nancy resopló.

"Intentó hacerlo una vez y le quité el teléfono de la mano".

"Bien por ti", dijo Bob, sonriendo con aprobación.

Bob le había explicado hace mucho tiempo por qué nunca había una buena razón para dejar que un hombre le tomara una fotografía comprometedora.

Los chicos no pueden guardar fotos de ese tipo para sí mismos.

"Parece ser el tipo de chica que aparece en muchos teléfonos".

"Sí, parece una verdadera chica fiestera", dijo Nancy, todavía mirando su teléfono. "¿Tal vez ella estuvo con él en una noche de fiesta? Andy podría haber estado borracho o algo así".

"Quizás", admitió Bob, aún sin discutir con ella. "Ya sabes lo que pasa cuando me emborracho".

Nancy asintió antes de hacer un boquete en su teoría.

"Excepto que Andy no se desmaya como tú".

"No siempre me desmayo", se quejó Bob.

"No, pero es divertido cuando lo haces", dijo Nancy con una sonrisa.

Ella le dio unas palmaditas en la rodilla y le hizo saber que solo le estaba tomando el pelo.

"Y no he hecho eso en años".

"¿Es más sexy que yo?"

"En absoluto", dijo Bob.

"¿Notaste su bronceado? Es un bronceado falso por si alguna vez veo uno. ¿Y qué hay de su cabello? ¿Quién se pone reflejos con brillo tan bajo también?"

"Estoy bastante seguro de que Andy no se dio cuenta de eso". Bob no se había dado cuenta.

"Probablemente sea una prostituta descarada".

"Sí, es posible".

"¿Quieres saber la parte irónica? Antes de que Andy se fuera en su viaje, decidí que me mantendría fiel a él todo el tiempo hasta que regresara".

"¿Mantenerte fiel es un problema para ti?" preguntó, pensando en los años desde que la había conocido.

Por lo que podía recordar, Nancy solo tenía un novio a la vez.

Excepto cuando Bob la había conocido por primera vez.

Nancy no tenía novio cuando se la había transferido a su distrito escolar.

Era una estudiante delgada de octavo grado con aparatos ortopédicos, cabello pintado de verde, un yeso en su brazo izquierdo y sin una amiga en el mundo.

Se había dejado caer en el único asiento vacío en el autobús escolar, por lo cual se sentó al lado de un niño nerd al que todos ignoraban.

Después de sentarse bajó la cabeza para que su cabello verde cubriera su rostro.

Bob se habría ocupado de sus asuntos, excepto que Nancy estaba buscando algo entre en sus libros.

Sin pensárselo, la ayudó, y se ganó una sonrisa de agradecimiento y a continuación sintió una extraña sensación dentro de su estómago.

Ese día comenzó una amistad que había durado a través de todos estos años y de la mala suerte de Nancy.

Durante el verano, le quitaron sus frenillos y volvió a dejarse el pelo con su rubio natural.

Cuando comenzó la escuela secundaria, Nancy se había transformado en un hermoso cisne y Bob se convirtió en su mejor amigo geek, siempre preparado para ayudarla mientras Nancy se enamoraba de la gente hermosa.

"No creo en las relaciones a larga distancia", explicó. "¿Recuerdas a Darry?"

Bob asintió con la cabeza.

Ella y Darry habían sido la pareja más popular durante el último año.

"Rompí con él porque no quería preocuparme por lo que estuviera haciendo en la universidad".

"O lo que ibas a hacer tú en la universidad", señaló Bob.

Inferir en su frase la "etapa de puta" le valió una sonrisa maliciosa y un pequeño asentimiento.

"Mantenerse fiel es más fácil cuando ambos se pueden ver". Se quedó mirando la maldita foto de Andy.

La mujer, quienquiera que fuera, estaba tumbada boca arriba, sonriendo a la cámara.

Ella sostenía sus senos presionados, encajonados alrededor de la erección de Andy.

Gotas húmedas le salpicaban el cuello y la barbilla.

Ninguno de los dos tenía que adivinar la fuente de esas salpicaduras blancas y cremosas.

"Tal vez deberíamos emborracharte y luego puedo tomar algunas fotos para enviárselas a Andy".

Bob palideció.

"Se supone que debes enviar fotos así a tus amigos, no a tu novio".

"¿Novio?", dijo, frunciendo el ceño mientras volvía a su teléfono.

"Deberías borrar esa imagen", sugirió Bob.

Ella sacudió su cabeza.

"Al menos deja de mirarla".

"No puedo evitarlo", dijo, sonando muy triste.

La forma en que su cabello le colgaba en la cara le recordaba a la chica flaca y de pelo verde que había conocido en un autobús escolar.

"Para."

Bob colocó su cabello detrás de una oreja antes de colocar su mano sobre el teléfono y ocultar la imagen.

Ella puso su otra mano sobre la de él.

"Sabes que eres mi mejor amigo, ¿verdad?"

"Y tu eres MIA."

Bob le quitó el teléfono y le llenó las manos con las suyas.

Durante un largo momento, se miraron con ojos tristes.

Nancy se sintió triste por el final de su relación y Bob se sintió triste por la pérdida de su amiga.

"Si es importante para ti, puedes seguir siéndole fiel hasta que vuelva a casa".

"O puedo hacer esto", dijo ella, avanzando y presionando sus labios contra los de él.

Y no era un beso de amistad.

CAPÍTULO 2

"WOW", dijo Bob, alejándose un momento antes de cruzar una línea que los amigos nunca cruzan.

"Eso se sintió bien", dijo Nancy con media sonrisa.

Ella presionó sus labios contra los de él nuevamente, apoyándose contra él hasta que quedó atrapado entre ella y el respaldo del sofá.

Se besaron hasta que sus labios se separaron y las lenguas comenzaron a acariciarse.

Se besaron durante mucho tiempo antes de que Nancy se alejara.

Con los ojos muy abiertos, se palmeó los labios húmedos como si se asegurara de que realmente le pertenecieran.

"Wow, se supone que no eras bueno haciendo eso".

"¿Por qué no?" Preguntó Bob, con un toque de sonrisa.

"Porque besarte se supone que es como tener ganas de besar a mi hermano".

"No tienes hermanos".

"Entiendes lo que quiero decir", dijo, aún sorprendida. "Nunca debemos hacer eso de nuevo".

"Sí", estuvo de acuerdo.

Los amigos no se besan, y si sus labios se encuentran, no abren la boca para más.

"Nunca más después de esta vez", dijo Nancy, poniendo su mano detrás de su cabeza y empujándolo hacia adelante para otro beso.

De nuevo, sus labios se separaron y las lenguas se encontraron.

Este beso duró aún más que el otro antes de que ella se alejara.

"¡Deja de ser tan bueno en eso, sabes que tengo novio!"

"Un novio horrible que te está engañando".

"Tal vez fue sólo una noche de fiesta", resopló, sentándose y cruzando los brazos justo debajo de los senos.

"O tal vez Chris quiere meterse dentro de tus bragas", dijo Bob, señalando parte de la ecuación que no habían discutido.

"¿Por qué dices eso?"

"¿Por qué si no compartiría esa foto contigo?" Bob le preguntó. "Siempre es la novia de tu amigo antes que nena hot, a menos que quieras a esa nena hot, y luego es 'Que se joda mi amigo'".

"¿Me estás llamando nena hot?"

"Nunca", prometió Bob.

"¿Por qué no tienes novia de todos modos?"

Bob se puso nervioso.

"Cosas de la vida."

"Eres un gran tipo. Deberías tener mujeres en fila que quisieran salir contigo".

"Excepto que a las chicas les gustan los chicos malos y yo no".

"Eso no es realmente cierto", insistió Nancy, aunque su tono sonaba tan débil como su negación. "Bueno, no todas las mujeres y no todo el tiempo".

"Tal vez puedas comenzar un rumor sobre mí. Puedes decirles a tus amigos que soy un gran besador y que tengo una gran polla".

"Grande, pero no demasiado grande", dijo.

"¿Cómo lo sabes?" preguntó, haciendo caso omiso del comentario frívolo.

Y con una gran sonrisa, le hizo una oferta.

"Bésame otra vez y tal vez te la enseñe".

"No hace falta, se ve." Nancy miró su regazo por un momento antes de contenerse y devolverle la mirada a la cara. "¿Besarme te está poniendo duro?"

"Como no podría."

Nancy metió las piernas debajo de ella y se enderezó.

La mirada de Bob cayó sobre su pecho, notando y apreciando cómo su nueva posición acentuaba sus senos.

"Digamos que nos besamos de nuevo y te pones duro, ¿realmente me la mostrarás?"

"No sé, tal vez", murmuró, asegurándose de no mirarle las tetas de nuevo.

Con una sonrisa pícara, Nancy pasó los dedos por el cabello de Bob.

"¿Qué pasaría si te pusiera realmente, realmente duro?"

"Supongo que...", dijo, buscando la respuesta correcta a un pensamiento muy equivocado.

Bob reconoció el leve estrechamiento de sus ojos sobre su sonrisa juguetona.

Había pasado demasiados años observándola desde el otro lado de una habitación y sabía que no podía confiar en esa expresión en particular.

Ella miró deliberadamente su regazo nuevamente antes de mirarlo de nuevo.

"Entonces, nos besamos, te pones duro, me la muestras, ¿y eso es todo?"

"Si me pongo duro, podría querer más".

"Técnicamente, todavía tengo novio".

"Oficialmente, sabemos que no".

"Pero no voy a renunciar a fingir ser su novia hasta que lo vuelva a ver".

"¿Pero besarme y verme desnudo está bien?" preguntó.

"Desnudo y duro", dijo ella, lamiéndose los labios y colocando la lengua entre los dientes.

"¿Y si también quiero un orgasmo?"

"Te veré darte uno".

Bob se echó a reír.

"¿Eso también está permitido?"

"Nada de esto está 'permitido'. Y nada de eso va a suceder si sigues hablando de eso. Arriésgate, Bobbie. Déjalo ir y ve a dónde va, eso es todo lo que digo ".

Bob miró a su amiga, su mejor amiga, una mujer que había conocido más tiempo que nadie en su vida.

No sabía por qué se habían mantenido como mejores amigos, excepto que habían mantenido con seguridad una política sin tonterías entre ellos.

Estaban siempre el uno para el otro cuando la otra persona lo necesitaba.

Ella había conocido a todas sus novias.

Él había conocido a todos sus novios.

Incluso le había contado sobre sus pocas aventuras de una noche.

Su número era sustancialmente más pequeño que el de ella.

Sabía que podía preguntarle cualquier cosa y ella le daría una respuesta honesta.

Siempre había funcionado a la inversa, también.

Aun así, hubo una sola pregunta que nunca se hicieron entre ellos:¿Por qué no salieron juntos?

Él sabía las razones.

No era lo suficientemente guapo.

No conducía un auto nuevo y elegante.

Su sentido de la moda rara vez iba más allá de los jeans y una camiseta.

Ahorraba su dinero en lugar de gastarlo en lujosos regalos o cenas elegantes.

No fue bendecido con una lengua sagaz y la capacidad de seducir con una sola línea bien hablada.

Las chicas como Nancy no salían con geeks como él y él nunca había pedido una explicación.

Era feliz siendo su amigo, un verdadero amigo, uno sin condiciones.

"¿Seguiríamos siendo amigos si pasa algo?"

"Tal vez", dijo, mostrando la misma sonrisa juguetona que había usado antes, la sonrisa astuta en la que sabía que no podía confiar.

Ella lo estaba probando, obligándolo a pensar menos y actuar más.

"Te odio", dijo, acercándola y presionando sus labios contra los de ella, tomando un beso de ella en lugar de reaccionar a uno que ella había iniciado.

Cuando sus labios se separaron, él supo que no podía robar algo ofrecido libremente.

Se relajó, liberando sus temores sobre qué pasaría si sus labios pertenecían juntos.

Bien o mal, esto estaba sucediendo y ambos lo aprobaban.

CAPÍTULO 3

Un suave gemido pasó de la boca de Nancy a la suya y sintió que su pasión aumentaba.

Él acarició su espalda, deslizando su mano por su cuello y perdiendo sus dedos dentro de la melena de su dulce cabello rubio.

Nancy gimió de nuevo, besándolo con más calor mientras Bob se preguntaba qué hacer con su otra mano.

La mantuvo a salvo en su hombro, resistiendo la tentación de deslizarla por su pecho y ahuecar sus senos.

No se arriesgaría a romper el hechizo que había caído sobre ellos.

"¿Como estas?" murmuró, haciendo la pregunta con sus labios aún en contacto con él.

"Bien", confesó, sintiendo un toque de vergüenza cuando su beso comenzó a hacer magia en otros lugares también.

"¿Te estás poniendo duro?"

"¿Por qué no lo revisas?" preguntó, retorciéndose.

"Ese no es nuestro trato", dijo. "Solo besándome, ¿recuerdas?"

"Deberíamos parar", murmuró, manteniéndose en contacto constante con su boca.

"No", dijo ella, poniendo una mano detrás de su cabeza y manteniéndolo encerrado en su beso.

Su pequeña mano acarició el costado de su rostro y él sintió que su sangre hervía.

Esto estaba mal, muy mal.

Los amigos no deberían besarse como los que quieren ser amantes.

No debería ponerse duro delante de ella.

Deberían parar.

La besó de nuevo hasta que sintió que Nancy se alejaba.

Ella miró su regazo y le preguntó:

"¿Eso es todo tuyo?"

"Algo de eso es un calcetín que me metí en los pantalones antes de que llegaras aquí".

Sus ojos se abrieron de sorpresa cuando movió su mirada hacia su rostro.

Ella no esperaba su salida humorística.

"Ahora vas a tener que mostrármelo, tonto".

"No, no lo haré". Se calló para probar otra vez su dulzura.

Nancy se apartó.

"Pero lo prometiste y han pasado meses desde que vi uno en la vida real".

"Bésame y lo haré", dijo, creyendo que estaba mintiendo.

Ella le dirigió una mirada mesurada antes de besarlo nuevamente.

Ella le quitó la mano del hombro y la colocó entre sus piernas.

Él sabía lo que ella esperaba.

Bob ahuecó el bulto grande que aparecía dentro de sus pantalones vaqueros para obtener más atención y luchó con la cuestión de lo correcto o incorrecto.

Cada parte de él quería avanzar, excepto que las cosas cambiarían para siempre entre ellos si lo hacía.

Nunca podrían volver a ser lo que habían sido.

Esto podría romper una amistad que había durado una década.

Él no lo haría.

No debería hacerlo.

Excepto que la pasión no reconoce los argumentos de la razón.

Se desabrochó el botón en la parte superior de sus jeans.

"Hazlo", murmuró ella. "Muéstramela."

¿Estaba ella mirando?

¿Estaba besándose con los ojos abiertos, mirando más allá de su mejilla y mirando su mano?

"Esto está muy mal" , se preocupó sin decir nada, hurgando dentro de la abertura de sus boxers y sacando su erección, exponiéndola para que todo el mundo la viera, aunque su mundo solo la incluía a ella.

Nancy rompió su beso y miró la larga y dura masculinidad que tenía en la mano.

Ella sonrió de oreja a oreja, con los ojos muy abiertos y con el tipo de expresión que uno supone se reservaría para cuando se encontrara inesperadamente con una celebridad favorita en una tienda de veinticuatro horas.

"Ahora la has visto", dijo, instantáneamente avergonzado y lamentando su decisión.

Él comenzó a guardársela nuevamente.

"Pero también quiero verla bajar", insistió ella, tirando fuerte de su brazo y evitando que se cubriera.

"Pervertida", bromeó juguetonamente.

"¿Entonces?" preguntó ella, riéndose con él.

Nancy envolvió ambos brazos alrededor del brazo de Bob, sosteniéndolo contra su cuerpo mientras él luchaba por rehacerse sus pantalones.

Bob se dio cuenta que era más fácil desvestirse con una mano que hacer lo contrario.

Se las arregló para meter su erección dentro de la solapa de su ropa interior y nada más.

Sonriendo, se miraron el uno al otro, reconociendo que estaban siendo tontos y que lo estaban disfrutando.

"Deberías besarme de nuevo".

"Solo quieres volver a verme desnudo".

"Probablemente", admitió, presionando sus labios nuevamente.

Mientras se besaban, ella tiró de sus pantalones abiertos.

"¿Qué estás haciendo?" preguntó, manteniendo sus labios cerca de los de ella.

"Quiero verla de nuevo".

"No", dijo Bob, aunque no detuvo su tirón.

"Sí", insistió ella, bajándole los jeans hasta la mitad de su trasero.

Ella enganchó su pulgar dentro de la cintura de sus boxers, forzándolos a bajar también.

"Nancy, por favor", suplicó, dispuesto a ayudarla o detenerla. "No podemos".

Ella se apartó de su beso, lo miró directamente a los ojos y dijo una verdad muy simple:

"No, no deberíamos, pero nada dice que no podamos".

CAPÍTULO 4

Bob parpadeó con fuerza y trató de encontrar la falla en su razonamiento.

Su mente rápida y altamente analítica le dio una sola razón.

"Eres más importante para mí que un orgasmo".

"Me siento igual." Ella trabajaba con su ropa interior para bajarla. "Por eso esto está bien".

"¿Porque somos amigos?" preguntó, cubriendo su desnudez con ambas manos.

"Porque nuestra amistad no permitirá que algo como esto se interponga en su camino", dijo, alejando una de sus manos. "Ahora dame un buen espectáculo".

Antes de que Bob pudiera objetar, ella presionó su boca contra la de él, dejándolo sin otra opción que gemir.

Si él se quejaba, a ella no parecía importarle.

Los besos de Nancy fueron más profundos y apasionados que nunca.

Su polla hinchada ansiaba atención.

¿Por qué no debería entregarse a sus deseos?

Si esto era algo que ella quería, ¿por qué no debería seguirlo?

¿A quién estaba privando de un buen momento?

Se frotó la erección varias veces, Nancy gimió y supo que ella estaba mirando.

"Por favor, no pares", dijo ella, rompiendo su beso para verlo mejor.

"No lo haré, excepto que tengo un problema". Ella lo miró perpleja. "Soy diestro", explicó, tirando del brazo que todavía sostenía contra su cuerpo.

"Lo siento", murmuró, poniendo un brazo sobre sus hombros mientras lo veía acariciando su larga y dura polla.

Sintió sus senos contra su brazo y eso alimentó su necesidad.

Por unos momentos, observó antes de decir: "Esto es muy sexy".

Ella lo besó de nuevo, no tanto tiempo, pero igual de profundo.

"Nunca he visto a un chico hacérselo".

"Nunca me han visto hacerlo tampoco", confesó, sintiéndose fuera de lugar, como si estuviera rompiendo demasiados tabúes a la vez.

"No vas a parar, ¿verdad?"

"No estaba pensando en eso". La idea de detenerse antes del orgasmo nunca se le había ocurrido.

"Bien, porque quiero verlo. Quiero ver que tienes un orgasmo".

"Esto es una locura", murmuró.

"Pero es divertido, ¿no?" preguntó ella, acariciando su muslo desnudo.

"Puedes ayudar si quieres".

"No, solo quiero mirar", dijo, aunque mantuvo la mano sobre su muslo.

¿Sabía ella que eso estaba ayudando?

"¿Podemos besarnos un poco más?"

Ella se inclinó y lo besó de nuevo.

Bob se echó hacia atrás, relajándose y fundiéndose en su beso.

Maldición, sus labios se sentían tan bien contra los de él.

Él acarició su polla dura más rápido, disfrutando el momento.

Ella rompió su beso por otra buena y larga mirada antes de volver sus labios a los de él.

"Me encanta cómo me besas", gimió cuando ella volvió a mirar.

Levantando la cabeza del respaldo de su sofá, se acurrucó contra su cuello.

"Hueles tan dulce".

"Eso es acondicionador para el cabello", dijo ella, dándole otro beso, aunque esta vez solo fue un besito.

"No me importa, aun así, me gusta. Siempre me ha gustado".

Nancy pareció sorprendida.

"¿De Verdad?"

Él asintió, luchando contra la sensación de revelar demasiado.

Nancy siempre había estado fuera de su alcance, demasiado bonita y socialmente bien conectada, imposible para alguien como él.

Por mucho que Bob lamentara por ella, sabía que su amistad era todo lo que tendría.

Las chicas como Nancy no salían con tipos geek como él.

"Me estoy acercando", gimió, tirando de la parte inferior de su camisa y exponiendo su vientre.

"Hm, amo tu estómago", dijo, acariciando su carne recién descubierta.

"Especialmente esta parte". Le hizo cosquillas en la línea de cabello que bajaba de su ombligo hasta que le llegaba al vello púbico. "Te ejercitas, ¿no?"

"Algo", gimió, acercándose a ese borde irregular sin retorno.

No era una rata de gimnasio.

Sus entrenamientos consistían en cincuenta sentadillas y cincuenta flexiones cada mañana, además de correr un par de millas cada dos días.

Sabía que nunca sería el Adonis musculoso que ella se merecía.

"Hazlo", ronroneó, besándolo brevemente. "Quiero verlo."

Bob se sintió arrastrado por un torbellino alimentado por la lujuria, la necesidad acumulada, los deseos no expresados y la felicidad de que su mejor amiga también pareciera feliz.

Se rindió a la magia del momento, respirando profundamente antes de que comenzara su liberación.

Su polla explotó con la alegría de la liberación, disparando y rociando un mechón largo y espeso de su semen blanco y caliente más largo de lo que había previsto.

Su corrida salpicó después sobre su camiseta arrugada, aterrizando sobre su pecho.

Cada brote siguiente siguió el mismo camino con el mismo alcance hasta que una larga línea de humedad blanca lechosa condujo desde su pecho hasta la cabeza de su polla dura.

"¡Oh, mierda, eso es sexy!" Nancy chilló, rebotando de alegría. "¡Esa podría ser la cosa más sexy que he visto nunca! ¡Gracias!"

Ella comenzó a salpicar su rostro con más besos en rápida sucesión, tantos que se hizo divertido para ambos.

"Entonces, ¿eso fue divertido?" preguntó, deliberadamente entendiendo su reacción.

"¡Eso fue increíble!" ella chilló antes de hacer algo que él no esperaba.

Le quitó un puñado de semen de su estómago y se lo metió en la boca.

"Y también es sabroso".

"¿Estás tratando de obligarme a hacerlo por segunda vez?"

"¿Bromeas?", se rió, recogiendo semen con otro dedo y dándoselo de comer. "¿Ves? Es delicioso, ¿no?"

"Wow", dijo con una mirada de sorpresa. "Entonces, eso acaba de suceder".

"¿Qué? ¿Nunca te has probado a ti mismo?" preguntó, pasando el dedo por un charco de semen como si estuviera pintando con los dedos.

"¿Tú sí?"

"Lo hago todo el tiempo", dijo, riendo. "Pero me gusta más el de los chicos, saben mejor". Se lamió el dedo antes de volver por más.

"¿Me puedo vestir ahora?"

"Tal vez", dijo ella, aunque no se alejó de él.

En cambio, lo mantuvo empujado contra el sofá mientras jugaba con el desastre en su estómago y miraba su virilidad.

"¿Alguien te ha dicho alguna vez que tienes una gran polla?"

"No es que pueda recordarlo".

"Bueno, pues la tienes, y también es grande".

"Grande, pero no demasiado grande", dijo, repitiendo sus palabras de antes.

Se excusó.

Momentos después, regresó limpio y con una camiseta nueva.

Él se dejó caer al lado de ella en el sofá e intercambiaron sonrisas inseguras.

"¿Estamos bien?"

Ella asintió.

"Aún mejores amigos, aunque necesito irme".

"¿Por lo que acaba de pasar?"

"No, porque tengo que trabajar por la mañana y se está haciendo tarde", dijo, rozando sus labios contra los de él antes de ponerse de pie. "Y podría necesitar divertirme un poco sola".

"Te calentaste", dijo, siguiéndola hasta la puerta.

"Probablemente", admitió, haciendo una pausa para mirarlo de pies a cabeza antes de abrir la puerta y salir.

CAPÍTULO 5

Nancy sugirió un almuerzo en un local de comida rápida.

Bob reconoció que había nombrado su comida reconfortante favorita.

Ella lo recibió en la puerta con una gran sonrisa que él no esperaba.

"Lo siento", dijo después de mirarlo de arriba abajo y antes de darle un beso cortés en la mejilla. "Estaba pensando en lo de anoche".

"¿Todavía estamos bien?" preguntó.

"Por supuesto", dijo ella. "Aunque nunca podrás besarme de nuevo. Eres peligroso".

"¿Yo?" se burló, riendo. "¡Tú empezaste!"

"Tal vez", permitió, haciendo una pausa para hacer su pedido.

Recogieron tazas, visitaron la estación de bebidas y se sentaron en una mesa lejos de todos los demás.

"¿Está bien si aún hablamos de Andy?"

"Lo que quieras", le aseguró.

"¿Crees que está mal que aún lo extrañe?"

"Realmente no." Él se encogió de hombros. "Has estado con él durante casi un año. Creo que se supone que debes extrañarlo".

"Pero él me está engañando", dijo, jugando con su papel de ponerse en lo peor.

"Podría haber sido una aventura de una noche".

"¿Y si no fuera así?"

"¿Y si lo fuera?" preguntó, jugando al abogado del Diablo para ella.

Dejaron de hablar mientras un empleado les entregaba su comida.

"¿Te sientes culpable por lo de anoche?"

"¿Por qué? No pasó nada. Quiero decir, no realmente, ¿entiendes?"

Bob asintió con la cabeza.

Pero así no era para él.

"No hicimos nada", insistió Nancy. "Quiero decir, claro, nos besamos, pero ¿y qué?"

"¿Crees que Andy lo aprobaría?"

"Jódete", se quejó Nancy. "No te besé por lo que Andy está haciendo". Se llevó un bocado de comida. "Y me alegro de haberte besado. Eres un besador increíble".

"Asegúrate de contarle a tus amigas", bromeó Bob.

"¿Puedo decirles el resto también?" Preguntó Nancy, mostrando una sonrisa de nuevo.

"Es posible que desee guardar esa parte para ti".

"¿Te arrepientes?"

"Se siente raro saber que me has visto así".

"Me gustó", insistió con un brillo juguetón en sus ojos. "Quiero hacerlo otra vez."

"Excepto que tienes novio".

"Todavía puedo mirar, ¿no?"

"Supongo", dijo Bob, riendo.

"¿Y si quisiera hacer algo más que solo mirar?"

"Tentador, excepto que todavía tienes novio".

Nancy inclinó la cabeza, considerándolo por un largo momento antes de apartar su plato vacío.

"¿Ves? Ahí, eso mismo, por eso te quiero tanto".

"¿Porque sé que tienes novio?"

"Porque eso significa algo para ti".

"Simplemente no pruebes esa teoría demasiado", advirtió y lo dijo en serio.

"Se supone que tengo que encontrarme con algunos amigos del trabajo para tomar algo esta noche, ¿vendrías conmigo?"

"Parece que me estás invitando a salir", dijo Bob.

"En realidad, espero que me protejas de Chris. Joder, se está poniendo molesto. Me ha estado acosando desde que Andy se fue y solo está empeorando".

"Realmente está rompiendo el Código del Amigo".

Un pensamiento molesto se le ocurrió a Bob, uno que quería guardar para sí mismo, excepto que no podía.

"¿Qué pasaría si Chris ya tenía esa foto de Andy en su teléfono? ¿Qué pasaría si era de antes de que Andy comenzara a salir contigo?"

"¡No jodas!" Dijo Nancy, sacando su teléfono y abriendo la maldita imagen una vez más.

Extendió la imagen y estudió sus detalles.

Desafortunadamente, no había muchos detalles para ver aparte de Andy, su cita y la cama.

"Me estoy cansando de mirar esta foto", se quejó.

Finalmente, dejó de escudriñar y lució una mirada victoriosa en su rostro mientras señalaba la carpeta en la mesita de noche.

"Esa es la misma carpeta que me dieron cuando hice ese entrenamiento el año pasado".

"Entonces supongo que es verdad", dijo Bob, sintiéndose mal por su amiga mientras veía la decepción reemplazar el placer de su destello de descubrimiento. "Lo siento. No debería haber señalado eso".

"No, está bien", dijo, mirando de nuevo la imagen completa. "Intentabas defender a Andy, no tirarlo debajo del autobús".

"Sí, solo estoy siendo estúpido así".

"No es ser estúpido, se llama ser un amigo. Te besaría, excepto ..." ella se apagó, sin terminar su sugerencia.

"Excepto que tienes novio".

"En realidad, iba a decir: excepto que tal vez no quiera parar".

"Y tienes novio", insistió Bob.

"Solo por un par de semanas más", dijo, guardando su teléfono. "Entonces, ¿vendrás a beber conmigo esta noche?"

"¿Confías en mí lo suficiente para eso?"

Ella rió.

"¿Y tu confías en mí? Quizás quiera verte desnuda de nuevo".

"Me quieres molestar."

"Tal vez", dijo con un guiño juguetón. Bob deseaba poder entender qué significaba ese guiño. ¿Estaba jugando o coqueteando?

CAPÍTULO 6

Por el bien de las apariencias, Bob condujo hacía el local sin ofrecerle a Nancy pasar a buscarla.

Eran amigos y nada más, pero a otras personas les costaba entender la diferencia.

Por la misma razón, Bob llegó un poco tarde.

Paseando por el local, observó la escena.

Los amigos del lugar de trabajo de Nancy ocupaban el espacio central alrededor del bar.

Vio rostros que reconoció de encuentros similares.

También le devolvió la sonrisa a las personas que lo reconocieron vagamente.

Vio a Any y Julia sentadas en una cabina y supo que Nancy no estaría muy lejos de sus dos amigas.

"¡Bob!" Any chilló tan pronto como lo vio.

Ella saltó de la cabina y le dio un abrazo de oso.

"Nancy dijo que estarías aquí".

"Lo estoy, pero ¿dónde está ella?" Preguntó, intercambiando abrazos y besos aéreos con ambas mujeres.

"En el bar, al lado de Chris", dijo Julia. "La está trabajando duro".

"Así escuché", dijo Bob. "Ella me pidió que la bloqueara la polla".

"Eres tan buen amigo", dijo Any con una mirada de admiración en sus ojos. "Lo intentamos nosotras, pero Chris simplemente nos deja sin posibilidad".

"Creo que le mostró otra foto", ofreció Julia.

"No entiendo eso. ¿Por qué?" Dijo Any.

"Oh, son chicos. Estaban en la misma fraternidad en la universidad, por lo que son allegados".

"Supongo", admitió Bob, dándose cuenta de que Julia estaba haciendo referencia a un mundo que nunca entendió.

Aceptaba su lugar en la vida como un geek rodeado de amigos en su mayoría geek.

Una vez, Nancy lo había acompañado a una fiesta de su trabajo y se había reído al ver a tantas personas flacas con gafas en una habitación.

Bob se acercó al bar, junto a su amiga.

"Hola", dijo.

Asintió a Chris.

"¡Hola guapo!" Nancy esbozó una gran sonrisa antes de besar su mejilla.

Sobre su hombro, vio que Chris lo evaluaba sin conseguir suficiente información para llegar a una conclusión válida.

"Julia está sentada en una cabina", dijo Nancy, agarrando su mano y alejándolo.

Una vez que estuvieron fuera del alcance del oído de Chris, ella explicó:

"Le dije a Chris que te estaba esperando para poder irme sin que se molestara".

CAPÍTULO 7

Pasaron una hora bebiendo y riéndose, especialmente sobre el ojo vigilante que Chris mantenía sobre el cuarteto.

Bob se lo pasaba bien, bebía una cerveza y la hacía durar.

Ni Nancy ni Julia mostraron la misma moderación.

"Supongo que eres la conductora designada?" Bob le preguntó a Any.

"Sí", dijo con un suspiro.

Cuando Julia se emborrachaba, se interesaba más en Bob.

Era un patrón que había repetido ya antes de esa noche.

"Eres tan lindo", dijo ella, colgando de su brazo.

Bob miró a Nancy en busca de ayuda.

Aunque Julia era bonita, era pegajosa y un poco boba, dos rasgos que la apagaban.

"¿Te parece?" Nancy lanzó. "Y también es un gran besador".

"¿Pensé que ustedes dos eran solo amigos?" Preguntó Julia, confundida.

"Mejores amigos", dijo Nancy. "Tienes suerte de que ya tenga novio".

"¿Un novio?", dijo Any, abriendo los ojos. "¿Chris te mostró otra foto?"

"Me mostró muchas fotos. Aparentemente, tiene una colección completa que Andy le ha ido enviando de otras mujeres".

"¡Qué pervertido!" Dijo Any, haciéndose eco de las opiniones de todos los demás en la mesa.

"Malditos muchachos de fraternidad", agregó Julia antes de que las tres mujeres se pusieran furiosas acerca de cómo casi todos los muchachos eran idiotas e indignos de ellas.

"¿Ves lo que pasa si no respetas a nuestra chica?" Any le preguntó a Bob.

"Nunca haría eso", dijo confundido. "Además, solo somos amigos".

"Uh-huh", dijo Julia, abriendo los ojos. "Amigos que se besan".

A pesar de la diatriba antihombre que acababan de terminar, se acercó de nuevo con Bob.

"Quiero ser tu amiga."

"Y tiene una gran polla", ofreció Nancy.

Sus amigas vitorearon ese bocado de información con gritos y aullidos alimentados por el alcohol.

"¿Debería preguntarte cómo lo sabe?" Preguntó Julia.

"Probablemente no", dijo Bob, sintiéndose muy incómodo con la dirección de la conversación.

"Me la mostró", anunció Nancy, atrayendo la mirada de sorpresa de sus amigas. "No pasó nada. Bueno, en realidad no".

"¡Dios mío, se sonroja!" Any gritó, señalando la situación de Bob.

"Está bien, quiero detalles", exigió Julia.

Bob miró a Nancy.

Las había metido en esto, también podía sacarlas de eso.

Excepto que Nancy no estaba interesada en hacer eso.

"Adelante, diles".

Con los ojos muy abiertos, Bob sacudió la cabeza.

De ninguna manera podría explicar lo que había sucedido.

"Bien", dijo ella, terminando su cerveza.

Su historia fue una mentira patente.

"Nos emborrachamos mucho una noche, perdió una apuesta y le hice que me la mostrara".

"¿Estaba dura?" Any preguntó.

"¿Es realmente grande?" Julia quería saberlo.

"Grande, pero no demasiado grande", dijo Nancy, riendo. "Y es linda".

"¿Linda?" Bob preguntó, sin saber si era una buena palabra para describir la polla de un hombre.

"Sí, lo es", insistió ella. "Aunque deberías hacerte un afeitado".

"Me encanta cuando un hombre se afeita allí", dijo Any, aceptando la mentira de Nancy sin dudarlo.

"A mí también", estuvo de acuerdo Julia. "¿Por qué deberían esperar que nos afeitemos allí si ellos no lo hacen también?"

"Lo tendré en cuenta para la próxima vez", dijo Bob, tomando una nota mental para cuando comenzara una nueva relación.

"¿Puedo verte hacerlo?" Nancy preguntó.

Bob siguió jugando.

"Seguro."

"¿Podría llevar a una amiga?"

"Cuantos más, mejor", dijo.

Seguramente ella estaba bromeando.

"No podría ir. Tengo novio", se quejó Any.

"Yo también", señaló Nancy.

"Excepto que ella tiene un novio real", señaló Julia.

Bob intentó terminar el juego anunciando: "No me voy a afeitar allí esta noche".

"¿Qué tal si lo hago yo?" Ofreció Julia. "Solía ser peluquera, así que soy muy buena con las rasuradoras y maquinillas de afeitar".

"Y no voy a dejar que una chica borracha lo haga", insistió.

"Bien, entonces solo te veremos hacerlo", dijo Nancy, torciendo sus palabras.

Ella le pidió a su amiga una decisión.

"Verlo afeitarse no es lo mismo que engañar ¿verdad?"

"No se compara con lo que Andy probablemente hará esta noche", dijo Any.

"Ouch", dijo Bob, notando que Nancy hacía una mueca.

Su corazón estaba con ella.

Ella merecía alguien mucho mejor que Andy (o Chris).

"Lo siento mucho", dijo rápidamente Any, disculpándose con su amiga.

Nancy se encogió de hombros antes de arrojar a su garganta el resto de su cerveza.

Soltó un largo y fuerte eructo seguido de una sonrisa muy satisfecha.

"Que alguien me ordene otro trago".

Se puso de pie y se dirigió hacia el baño.

Julia y Any la siguieron.

CAPÍTULO 8

Bob ordenó cervezas para dos de las tres chica y miró su teléfono.

Levantó la vista para ver a Chris parado delante de la mesa.

"¿Sabes que no tienes oportunidad con ella?" Chris preguntó.

"¿Perdón?" Bob preguntó de vuelta, confundido.

"Sabes a quién me refiero", Chris se enfureció. "No le gustan los frikis ni los monstruos".

"Solo somos amigos", respondió Bob, suponiendo que Chris se refería a Nancy.

"Mantenlo así", dijo Chris antes de regresar a su lugar en la barra.

Bob tuvo unos momentos para considerar las palabras de Chris.

Nunca se había preocupado por los matones o por ser intimidado.

Cuando las chicas regresaron, solo dos de las tres volvieron a sentarse.

"Algo surgió", dijo Any, de pie al final de la mesa. "¿Crees que puedes llevarlas a casa?"

"Claro que puede", dijo Nancy, respondiendo por él. "No te importa, ¿verdad?"

Bob sintió que estaba siendo manipulado, pero dio la misma respuesta que habría dado sin sospechar que algo más estaba sucediendo.

"No me importa".

"Gracias", dijo Any, inclinándose y dándole un beso en la mejilla.

"¡Sé bueno!" Ella dijo antes de irse.

"¿No vas a tomar otro trago?" Le preguntó Julia.

"No si ya que voy a conducir".

"Bob tiene miedo de beber demasiado porque podría desmayarse", dijo Nancy, ofreciendo otra razón por la que debía tener cuidado con el alcohol.

"Eso solo sucedió una vez", le recordó.

"Lo sé, pero te aseguro que fue divertido".

"¿Fue esa la vez que lo viste desnudo?" Preguntó Julia, volviendo a apoyarse en Bob.

"Uh-huh", confirmó Nancy con una sonrisa tan grande y encantada que Bob se preguntó si había habido algo de verdad en su mentira anterior.

Cuando el empleado regresó para otra orden de bebidas, Julia le rechazó.

"Pero aún es temprano".

"Tengo licor en mi casa", dijo Julia antes de mostrar una gran sonrisa. "Y todas mis herramientas para cortar el cabello".

"Deberíamos irnos", insistió Nancy, con una gran sonrisa propia.

Bob supuso que todo había sido preparado.

En lugar de protestar o discutir, él jugaría sus cartas.

Lideró el camino hacia su auto.

"¿Esto es tuyo?" Preguntó Julia, maravillada por la brillante antigüedad roja y brillante que brillaba bajo las luces del estacionamiento.

"Sí", le aseguró Bob, abriendo la puerta del lado del pasajero de su Mustang clásico.

No se molestó en explicar que era cómo una inversión, un automóvil que podía conducir sin que perdiera valor.

Nancy se subió al asiento trasero, permitiendo que Julia se sentara al frente.

Mientras Bob se sentaba a su lado, notó que Chris estaba parado afuera del local.

Bob sonrió y saludó.

CAPÍTULO 9

Julia vivía cerca, pero estuvo hablando durante todo el tiempo que tardaron en llegar.

Ni Bob ni Nancy podían decir una sola palabra en su monólogo.

Él se estacionó frente a su apartamento estilo casa adosada y siguió a las chicas al interior.

"No puedo creer que realmente vayamos a hacer esto", dijo Julia mientras hurgaba en su cerradura.

"Lo mismo digo...", dijo Bob, frunciendo el ceño a Nancy.

"Vamos, va a ser divertido", dijo Nancy, luciendo emocionada.

El departamento de Julia coincidía con su disposición alegre.

Sus muebles incluían grandes estampados florales.

Rosa y rosa profundo eran claramente sus colores decorativos favoritos.

Mientras mezclaba algunas bebidas, Bob le susurró a Nancy:

"Todo lo que falta aquí es una docena de gatos".

Bob tomó un sorbo de su bebida, probó que era principalmente alcohol y la dejó a un lado.

Nancy señaló que los posavasos incluían huellas de gatos.

"Debería buscar mis cosas", dijo Julia, emocionada corriendo escaleras arriba.

"De ninguna manera voy a hacer eso", le dijo Bob a Nancy.

"¿Incluso ni para mí?" preguntó ella, acurrucándose a su lado en el sofá.

Ella presionó su pecho contra su brazo y frotó su muslo.

"¿Estás hablando em serio?" Preguntó Bob, sorprendido por su franqueza. "¿Qué tan borracha estás?"

"Lo suficientemente borracha", dijo ella, volviendo su rostro hacia el de él y dándole un beso rápido.

"Nancy, por favor", rogó Bob, retorciéndose incómodo.

"Vamos", insistió ella, dándole otro beso mientras intentaba desabrocharle los pantalones.

"¿De verdad?" preguntó, aturdido por su anticipación. "¿No tienes novio?"

"Nada va a suceder. En realidad, no". Ella le dio otro beso. "Solo quiero presumir".

"Tal vez yo no quiero presumir", dijo Bob, preguntándose qué le estaba tomando tanto tiempo a Julia allá arriba.

¿No debería estar interrumpiéndolos ahora?

"Por favor, ¿qué chico no quiere desnudarse con dos chicas y ver qué pasa?"

"¿También te vas a desnudar?"

"Quizás", sugirió Nancy, presionando sus senos contra su brazo.

Bob sintió que su fuerza de voluntad se debilitaba.

"¿Ya puedo bajar?" Julia llamó desde lo alto de las escaleras, rompiendo el momento.

"Idiota", murmuró Nancy.

Bob se rio entre dientes.

"También podrías disimular tu alivio", dijo Nancy, alejándose de Bob.

Suavemente, ella le dijo: "Todavía no estás fuera de peligro".

Con una bolsa rosa con cuerdas colgando, Julia parecía confundida.

"Pero él no está desnudo".

"Sí, me pregunto por qué...". Nancy suspiró. "Es casi como si alguien nos hubiera interrumpido".

Julia parecía confundida en lugar de arrepentida por no haber dejado que funcionara su plan.

"¿Eres tímido?" ella le preguntó.

"Algo así", dijo.

Julia miró a Nancy en busca de ayuda, no encontró ninguna y tomó el asunto en sus propias manos.

Dejó su bolso, se sentó a horcajadas sobre las piernas de Bob inclinándose sobre sus rodillas.

"No te irás de aquí hasta que hayamos terminado de hacerte una revisión".

"No dejaré que una chica borracha se acerque a mí con instrumentos afilados", explicó.

"Primero, no estoy tan borracha. Y, en segundo lugar, si estuviera sobria, no estaría haciendo esto".

"Deberías besarlo", sugirió Nancy. "Es un muy buen besador".

Julia ahuecó la cara de Bob y probó la sugerencia de Nancy.

Sus besos se sentían bien, pero no eran tan sorprendentes como los besos de Nancy.

Los besos de Julia se sentían descuidados en comparación.

Bob se ajustó y le devolvió el beso sin ofrecerle la lengua.

Saber que Nancy lo miraba lo avergonzaba.

"¿Por qué te ruborizas?" Preguntó Julia, notando su cara roja cuando ella se alejó.

"No lo sé", murmuró.

"Da excitación verte besarle", dijo Nancy, sonriendo ampliamente. "Hazlo otra vez."

Julia tomó otro beso de él.

Mientras se besaban, Nancy guió una de las manos de Bob hacia el pecho de Julia.

Julia gimió y su beso se profundizó tan pronto como su mano aterrizó en su pecho.

"Mm, qué calor", ronroneó Nancy, presionando nuevamente contra el brazo de Bob.

Cuando Julia se apartó, Nancy giró la cabeza de Bob y tomó otro beso para ella.

Besó a Nancy mientras tanteaba a Julia y su cabeza giró.

Se sintió borracho sin beber mientras su cuerpo agradecía la emoción de estas dos mujeres besándolo.

"Alguien se está poniendo duro", anunció Julia, retorciéndose contra el bulto que crecía dentro de sus pantalones.

"Quiero ver", dijo Nancy, mirando el cuerpo de Bob.

"Yo también", dijo Julia, inclinándose para otro beso.

Mientras sus labios estaban ocupados, también lo estaban sus manos.

Ella desabrochó la parte delantera de sus pantalones mientras Bob exploraba su pecho.

Metió la mano dentro de su camisa, encontró los ganchos de su sujetador y hábilmente lo desabrochó.

Cuando sus manos regresaron a su frente, él buscó debajo de su sostén flojo y ahuecó sus pechos desnudos.

Encontró pezones rígidos y cedió al momento.

Julia tiró de sus pantalones para abrirlos y sacarlos de sus caderas.

"Ayúdame", le dijo a Nancy, inmediatamente volviendo a besar a Bob.

Cuando sus lenguas se encontraron, sintió que Nancy tiraba y le quitaba los pantalones hasta que se quedó sin nada.

Julia interrumpió su beso otra vez, esta vez para que pudiera sacar su camisa sobre su cabeza, dejándolo desnudo y duro.

"Oh, wow", dijo ella, metiéndose entre ellos y envolviendo su mano alrededor de su polla dura.

"¿Ves? Grande sin ser demasiado grande", dijo Nancy, de vuelta en el sofá y mirando la acción.

Julia mantuvo las manos entre sus piernas, tocando y acariciando la dureza de Bob mientras se besaban.

Bob empujó su blusa, con la esperanza de quitársela para que él no fuera el único desnudo.

"No", dijo Julia, apartando las manos. "Sólo tú."

"Bueno, eso es injusto", dijo Bob, mirando a Nancy en busca de ayuda que no obtuvo.

"¿Por qué no? ¿Qué tiene de malo estar desnudo para nosotras?"

"Es vergonzoso", dijo Bob, frustrado y sintiéndose muy vulnerable.

"Me gusta", insistió Nancy.

"A mí también", ofreció Julia, deslizándose de su regazo y recogiendo su bebida.

Sus ojos nunca lo dejaron mientras tomaba un pequeño sorbo.

"Pero tienes razón, realmente vamos a equilibrar algo las cosas".

"¿Qué quieres decir?" preguntó, luchando contra el impulso de cubrir su dureza.

¿Cómo podría estar desnudo, claramente excitado y aún lucir natural?

"Tiene un gran cuerpo", dijo Julia, buscando dentro de su blusa y sacando su sostén sin quitarse la camisa.

Sus pezones todavía parecían duros.

"¿No es así?" Nancy respondió como si Bob no pudiera escucharlos.

"¿Por qué no lo estás follando?"

"Porque somos amigos", explicó Nancy, como si eso fuera suficiente explicación.

"A la mierda con ser amigos", dijo Julia, mirando a Bob. "¿Y cuál es tu excusa?"

"Porque somos amigos", dijo Bob encogiéndose de hombros.

Luego agregó:

"Y ella siempre tiene novio".

"Ustedes dos están jodidos", dijo Julia, sacudiendo la cabeza mientras recogía su bolso.

"Vamos a empezar. Ven conmigo a la cocina".

Bob luchó contra el impulso de recoger su ropa y salir corriendo con ella.

Pero caminar por la casa de Julia desnudo y duro se sintió extraño.

"Tienes un trasero tan lindo", dijo Nancy, siguiéndolo.

Ella pellizcó su trasero desnudo.
"Ya basta", dijo, saltando y riendo.

CAPÍTULO 10

Julia alineó su equipo de peluquería en el mostrador, conectando al enchufe la rasuradora.

Acercó una silla y se sentó.

"Está bien, muchacho desnudo, quédate aquí".

Ella señaló delante de ella.

Con una sonrisa melancólica, acarició su polla dura varias veces antes de mirarlo y preguntarle:

"¿Alguna petición?"

"No sé", respondió, mirando a Nancy por una sugerencia.

"Totalmente depilado funcionaría para mí", dijo Nancy, apoyándose contra el mostrador para poder mirar.

Tenía una gran sonrisa y parecía muy feliz.

"Eso es lo que estaba pensando también", dijo Julia, encendiendo la rasuradora, sosteniendo su erección dura a un lado y rastrillando con la rasuradora hacia abajo en línea recta.

Tan pronto como comenzó a trabajar, su comportamiento cambió y comenzó a parecer como todos los peluqueros que Bob había visitado con su flujo constante de conversación.

"Solía hacerle esto a mi último novio todo el tiempo. A él también le gustaba todo depilado. Incluso después de que rompimos, quería que siguiera haciéndolo, pero no lo hice después. Quiero decir, ¿por qué debería hacerlo? ¿Por qué querría afeitárselo para otra chica? Eso es una locura. Lo hice una vez, solo porque estaba caliente, pero no pasó nada. Tenía una buena polla, pero no tan buena como la tuya. Realmente me gusta lo suave que es la tuya. Muchos chicos tienen esas venas realmente grandes y abultadas cuando se ponen duros y son bonitas y todo, excepto que la tuya es más bonita ... "

Bob miró a Nancy que observaba atentamente la acción alrededor de su polla dura.

Pasó un momento antes de que ella levantara la vista y lo mirara a los ojos.

Él la miró y ella entendió exactamente lo que quería decir.

"Nunca", contestó ella, respondiendo a su pregunta tácita sobre si Julia alguna vez se callaba.

"Los huevos son complicados", dijo Julia, ajena a cualquier cosa excepto su trabajo. "Mira, tienes que suavizarlos para que puedas recortarlos sin mellas".

Ella acarició el saco de bolas de Bob aparentemente sin darse cuenta de cómo el zumbido de la rasuradora contra sus bolas emocionaba tanto como sus tiernas caricias.

En cambio, ella siguió divagando.

"También le ofrecí hacer esto por el novio de Any, pero ella no pensó que fuera una buena idea. No sé por qué. No es como si le estuviera haciendo una mamada o algo así".

"Se siente más como una paja", inyectó Bob.

"Espera hasta que llegue a la parte de la crema de afeitar", dijo Julia, golpeando el interior de los pies de Bob.

Recibió el mensaje de que ella quería que él ampliara su postura.

Levantando sus bolas, ella rastrilló la rasuradora por el área debajo y detrás de sus bolas, también.

Dejó a un lado la rasuradora, tomándose el tiempo para desenchufarla y arrojarla dentro de su bolso antes de recoger un tazón de afeitar.

Agregó un poco de polvo, un poco de agua, y usó una brocha de afeitar antigua para preparar una espuma cremosa.

Usando la brocha, ella pintó espuma alrededor de su polla dura, a través de sus bolas y también entre las piernas.

Inclinándose hacia atrás en su silla, levantó la vista y lo miró preocupada.

"No te va a gustar lo que tengo que hacer a continuación".

"¿Por qué? ¿Qué vas a hacer?" preguntó, ahora sí preocupado.

"Bueno, necesito afeitarte detrás de tu polla y estás realmente duro".

"¿Entonces?"

"Entonces, necesito que no estés tan duro para poder afeitarme allí".

"No es que pueda controlar eso", dijo.

"Lo sé, pero es importante, así que tendrás que confiar en mí", dijo. Bob no lo hacía, aunque se mantuvo firme. "Prometo que te lo compensaré".

"¿Qué me lo vas a compensar?" preguntó.

Sin más advertencia, Julia pellizcó el sensible haz de nervios justo debajo de la cabeza de su polla, ese punto marcado en la polla de un hombre para su circuncisión.

Ella exactamente pellizcó ese lugar y él se retorció, sorprendiéndolo con una sacudida instantánea de un dolor más increíble de lo que él podría haber imaginado.

"¡Dios!" bramó, apartándose y mirándola como si fuera la más malvada de las súper villanas.

Su emoción se desvaneció al instante y su polla antes orgullosa se hundió.

"Tuve un terapeuta sexual que me enseñó eso", explicó Julia a Nancy, que parecía igualmente mortificada. "Dijo que era una buena manera de ayudar a un hombre que sufre de eyaculación precoz. Lo dejas acercarse a su orgasmo y luego lo pellizcas para que pierda la emoción".

"Eso duele como el infierno", dijo Bob, todavía tambaleándose por una repentina sacudida de dolor y ya no confiaba en Julia.

"Lo sé, bebé", arrulló Julia. "Pero prometo compensarte".

"¿Cómo?"

"Vuelve aquí y verás", dijo ella, acercándoselo.

Con una navaja de afeitar en la mano, ella rascó hábilmente el rastrojo que habría estado escondido detrás de su pene hinchado, incluidos los pocos pelos que crecían en su miembro.

"Ahí, ahora puedes volver a ponerte duro".

"No creo que quiera", dijo, todavía enojado y desconfiado.

"No, de verdad", dijo, acariciando su polla. "Necesito que te pongas duro por el resto de esto. Es más fácil hacer tus pelotas si estás duro".

Aunque su mano se sentía bien deslizándose a lo largo de su longitud, no fue suficiente para cambiar la dirección de su erección.

Estar desnudo frente a ellas ya había sido lo suficientemente vergonzoso, pero ese gran dolor inesperado había roto el hechizo.

"Creo que puedo hacer el resto en casa".

"No seas así", dijo Nancy, alejándose del mostrador.

Ella envolvió un brazo alrededor de su cuello y acercó su rostro al de ella para un beso.

Mientras su beso se demoraba, las caricias de Julia comenzaron a sentirse más atractivas hasta que la polla de Bob estuvo una vez más a toda velocidad.

"Joder, me gusta verte duro", dijo Nancy, retrocediendo para apoyarse en el mostrador.

"Gracias", dijo Julia, volviendo a trabajar en él y reanudando su parloteo sin sentido. "A mi novio tampoco le gustó esa parte. Siempre tenía que chupársela con fuerza después. Entonces nos dimos cuenta de que podría haberle ahorrado ese dolor de la última parte. Así que solía afeitarlo en todas partes que se podía estando duro, se la chupaba, se corría, y luego podía afeitarlo ahí detrás."

"Podrías haberme hecho eso a mí", se quejó Bob.

"Excepto que estaríamos teniendo sexo", dijo Julia.

"¿Y?" Bob preguntó, confundido por qué eso sería un problema.

Julia miró a Nancy antes de revelar:

"Solo queríamos verte desnudo para afeitarte".

"¿En serio?" Bob preguntó, sintiéndose jugado.

"Oh, no seas así", dijo Nancy, sorbiendo su bebida.

Ella le sonrió y parecía ya borracha.

"También te veremos masturbarte si quieres".

"¡Oh, Dios mío!, ¡eso sería tan caliente!" Intervino Julia, enjuagando la navaja antes de volver al trabajo. "Nunca he visto a un chico hacer eso, no en la vida real. Sin embargo, siempre he querido verlo".

"Hace calor como el infierno cuando se ve eso", dijo Nancy.

"¿Lo has visto? ¡Ya estoy tan celosa! ¿Con quién lo hiciste? ¿Fue Andy? Apuesto a que fue genial como el infierno como dices. ¡Es tan jodidamente hermoso!"

La respuesta de Nancy sorprendió a Bob:

"Fue con alguien más sexy que Andy".

"¿Más caliente que Andy?" Preguntó Julia, incrédula. Mencionó el último novio de Nancy. "No pudo haber sido Jim, ya que Andy es mucho más sexy que Jim. No me malinterpretes, le diría que sí en un abrir y cerrar de ojos, pero creo que Andy es mucho más lindo".

"Excepto que Andy es un jugador infiel", señaló Nancy, tomando un largo trago de su bebida.

"Sí, pero aun así", dijo Julia, trabajando en el cuerpo de Bob como si no fuera más que un maniquí. "¿Vas a romper con él cuando regrese?"

"¿Por qué? ¿Quieres empezar tú a salir con él?"

"No justo después de ti, pero si él se queda en el mercado, no lo sé. ¿Eso estaría bien?"

"Puedes follarte a quien quieras", anunció Nancy con ácido goteando de sus palabras.

A Julia no le sorprendió su tono.

Ella tiró el resto de su bebida.

"Lo siento. No debería estar hablando de él, ¿verdad?"

"Probablemente no", estuvo de acuerdo Bob. Había visto cómo el humor de Nancy se había hundido. "¿Ya casi terminas?"

"Casi", dijo Julia, rastrillando también entre sus piernas.

Sacó un trapo limpio de un cajón y lo usó como una toallita, quitando los últimos restos de crema de afeitar de su cuerpo antes de voltearlo hacia Nancy.

"¡Ahí! ¿Qué te parece?"

"Ahora eso está bien", dijo Nancy, cambiando su expresión triste por una sonrisa.

"Deberías sentirlo", dijo Julia, frotando sus manos sobre y alrededor de la erección hinchada de Bob. "Es muuuy suave".

Nancy dio un paso adelante para tocar a tientas.

La polla dura de Bob palpitaba por la atención de dos chicas tocándolo y acariciándolo.

"¿Así te gusta?" ella le preguntó.

"¿Cómo no me va a gustar?" preguntó, demasiado emocionado para sentirse avergonzado por su atención.

"Es aún más agradable cuando lo chupas", sugirió Julia.

"Confío en tu palabra", respondió Nancy. "Pero está bien si quieres hacerlo".

Julia miró con nostalgia la polla dura de Bob mientras lo acariciaba.

Ella se lamió los labios y, por un momento, pensó que iba a hacerlo.

"No creo que quisiera detenerme solo con chuparlo".

"Se está haciendo muy tarde", dijo Bob, preocupado de que, si permitía que Julia hiciera más, podría dar lugar a un compromiso que no quería tener. "Y todavía tengo que llevar a Nancy a casa".

Bob se vistió y se despidieron de Julia.

CAPÍTULO 11

Nancy envolvió su brazo alrededor de Bob en busca de apoyo mientras la conducía hacia el auto.

"Estás realmente borracha", dijo, riéndose entre dientes.

"¿Por qué tuvo que mencionar a Andy?" Se quejó Nancy.

"Sí, no sé qué pensaba", dijo Bob, abriendo la puerta a su amiga.

Después de sentarse él detrás del volante, Nancy extendió la mano e intentó desabrocharle los pantalones.

"Wow, ¿qué estás haciendo?"

"Quiero verlo de nuevo", dijo Nancy, presionando sus labios contra los de Bob.

Le resultó difícil resistirse a su beso y sus manos ocupadas, pero encontró la fuerza.

"Tengo que conducir".

"Solo déjame sentirlo de nuevo".

"Esperemos hasta que te llevemos a casa y luego te lo mostraré de nuevo".

"¿Lo prometes?"

"Sí", dijo, esperando que todo el alcohol que había consumido cambiara la ecuación cuando llegaran a su apartamento.

CAPÍTULO 12

"Me gusta verte desnudo", dijo Nancy mientras conducía.

Él Intentó ignorar su mano descansando sobre su muslo, aunque el contacto íntimo lo mantenía duro y necesitado.

"Y creo que fue sexy que te desnudaras también delante de Julia".

"No es que tuviera otra opción", señaló.

"Ugh, no seas así. Es divertido estar desnudo, ¿no?"

"Me puse duro, ¿no?" dijo en lugar de admitir su papel en hacerlo de esa manera. "Todavía somos solo amigos, ¿verdad?"

"Mejores amigos."

"¿Aunque me hayas visto desnudo?"

"Creo que eso nos hace mejores amigos", dijo, deslizando su mano más arriba por su muslo hasta que el lado de su mano presionó contra su entrepierna.

"Sin embargo, no creo que debamos besarnos más".

"¿Por qué?" ella preguntó, haciendo un mohín.

"Porque eso me hace querer hacer más de lo que podemos hacer".

"Sí, a mí también", dijo, riendo. "Tus besos me mojan".

"¿Ves?"

"Pero tal vez me gusta estar caliente e incómoda", dijo, pasando la mano por su bulto.

"Se supone que debes guardar eso para tu novio".

"Excepto que él no está aquí cerca", dijo, alejando su mano de su bulto, pero manteniéndola en su pierna. "Ya sabes, las chicas también se masturban".

"Lo sé."

"Entonces, eso es todo lo que va a suceder. Me excitas y luego me masturbo, ¿por qué es eso tan importante?"

"No lo sé", dijo, tratando de mantener esta conversación con una borracha Nancy que empezaba a parecer una tontería.

"Desearía que te hubieras masturbado frente a Julia".

"¿Por qué?"

"Porque habría estado muy caliente", dijo Nancy, apretando su pierna sin acercar su mano a su zona de peligro. "Y sé que también la habría excitado".

"Oh, creo que se excitó lo suficiente como para hacer lo que hizo".

"Sí, probablemente se esté masturbando y pensando en ti en este momento. ¿Cómo se siente eso?"

"Extraño", dijo Bob, dándose cuenta de que probablemente tenía razón.

Cuando se estacionó frente a su casa, se dio cuenta de que no debía quedarse.

Debería ayudarla a entrar en su apartamento y luego irse lo más rápido posible.

Ella esperó a que él abriera su puerta.

Una vez más, ella envolvió su brazo alrededor de su cintura y se apoyó contra él en busca de apoyo.

Trabajó en la cerradura por ella.

Ella lo atrajo hacia adentro y comenzó a besarlo.

"Wow", dijo, alejándose después de su primer beso. "Pensé que ya no íbamos a hacer eso".

"Lo siento", dijo con una sonrisa y una risita que dejó en claro que no sentía ningún arrepentimiento.

Ella comenzó a trabajar la parte delantera de sus pantalones.

"¿Vas a pajearte por mí?"

"No creo que deba hacer nada", dijo, quitándole las manos.

"Pero lo prometiste", insistió ella, bajando la cremallera y tirando de sus pantalones.

Sin una razón para ser de otra manera, todavía estaba duro.

Bob se dio cuenta de que necesitaba llegar a un acuerdo antes de que las cosas se salieran de control.

"Andy", dijo, odiándose un poco por pronunciar el nombre de su novio de esa manera.

"Andy es por lo que no te estoy arrastrando a mi habitación y jodiéndote hasta derrumbarnos".

Ella rozó sus labios contra los de él, le levantó la camisa y rompió el beso para quitarle la camisa.

Ella dio un paso atrás y lo admiró parado desnudo, excepto por el bulto de tela alrededor de sus tobillos.

"Ahora de eso estoy hablando".

Nancy se giró y se acercó a su sofá y se sentó.

Toda su cara se iluminó con una gran sonrisa y un brillo encantado apareció en sus ojos.

"Atrévete a venir aquí y sentarte conmigo".

Sintiéndose tonto, Bob se quitó los pantalones.

Su necesitada polla palpitaba.

Sintió la habitación de una manera que nunca había notado antes cuando el aire besó su carne desnuda, no acostumbrada a estar expuesta en ese sitio.

No tenía idea de qué debía hacer con sus manos.

Se sentó a su lado, estiró las piernas, cruzó los tobillos y se llevó las manos a la cabeza.

A la mierda.

Si iba a estar desnudo y duro frente a Nancy, ¿por qué tratar de cubrirse?

"Creo que deberías estar así cada vez que estemos juntos", dijo Nancy, retorciéndose mientras admiraba abiertamente su desnudez.

Él también la admiraba, incapaz de perder de vista los puntos gemelos que asomaban en su parte superior o la mirada hambrienta en sus ojos.

"¿Qué hay para mi ahí dentro?" preguntó con una sonrisa irónica.

"¿Está bien si hago esto?" Preguntó, pasando la mano por su estómago plano hasta que sus dedos tocaron la carne, generalmente cubierta por vello púbico.

Ella acarició cuidadosamente su polla dura.

Su erección palpitaba, rogando por la atención que su cuerpo ansiaba.

"Estoy muy cerca", dijo, anunciando algo que ella seguramente sabía.

"Hazme una promesa", dijo ella, inclinándose y rozando sus labios contra los de él. "Prométeme que no cambiará nuestra amistad si sucede algo más".

"Depende de lo que sea", dijo él, inseguro de cuánto más podría soportar su corazón.

"No lo sé", dijo ella, pasando un dedo a lo largo de su polla dura y sonriendo al ver cómo lo hacía saltar. "Sé que piensas que estoy realmente borracha, y lo estoy, pero no me emborracho tan mal como tú".

"Lo sé", dijo, habiendo estado cerca de ella antes, después de que ella había bebido demasiado.

Nancy siempre se volvía demasiado cariñosa cuando bebía demasiado.

Ella era un borracha emocional.

"Siempre recuerdo lo que hice al día siguiente".

"Eso solo sucedió esa vez", dijo con un profundo suspiro.

Ella lo ignoró, dándole a su erección otra caricia con un solo dedo y terminando rodeando con su dedo su rojiza y púrpura cabeza de la polla. "Me encanta ser tu amiga".

"Me encanta ser tu amigo también".

"Lo sé, pero cállate por un segundo". Se tragó un hipo cuando el resto del alcohol que había ingerido entró en su sistema. "Me encanta ser tu amiga y que tú también seas mi amigo".

Ella se apoyó contra su hombro.

Se sentía más como si ella cayera contra su hombro.

"Y creo que está bien si te veo desnudo".

"Está bien", permitió.

"Y quiero verte así todo el tiempo porque eres tan caliente como el infierno".

"No, no lo soy."

"Sí, lo eres", insistió ella, puntuando cada palabra tocando su polla dura y usando ese tono firme, que la gente borracha lo hacía tan bien. "Y quiero presumir ante todos mis amigas".

"Uh-huh", dijo, esperando que ella exagerara.

Ella bajó una de sus manos y se la puso en la polla.

"Creo que deberías masturbarte ahora".

"¿Por qué?"

"Porque quiero verte hacerlo".

Bob la estudió por un momento.

Algo en sus ojos decía que tenía más en mente.

"¿Y?" él incitó.

"Y quiero probarte, excepto que no puedo hacerte una mamada porque todavía tengo novio".

Ella se deslizó por su cuerpo, moviéndose para descansar su cabeza sobre su pecho.

"Hazlo", dijo ella, sosteniendo su mano alrededor de su polla y moviéndola por él.

"¿En serio?" preguntó, moviendo suavemente su mano hacia arriba y hacia abajo debajo de su mano.

"¿Por favor?" rogó, alejándose y dejándole ver sus ojos. "Realmente quiero probarte".

"Eres increíble", dijo, sorprendido y aturdido por su idea.

"Solo hazlo", dijo ella, apoyando su cabeza sobre su estómago.

Ella ahuecó sus suaves bolas y le dio un beso en el estómago antes de presionar su oreja contra su vientre y enfrentar la cabeza de su polla dura e hinchada.

Bob sintió que su cabeza daba vueltas con lujuria y deseo.

Nancy realmente quería esto y la idea le envió una carga eléctrica.

Su polla hinchada y dolorida palpitaba más fuerte que nunca en su mano.

Sentir su pequeña mano tocando y acariciando su saco de bolas recién afeitado lo volvió loco.

Recordó cómo ella le había quitado el semen de la barriga la primera vez y lo probó.

Ese recuerdo fue suficiente para asegurarle que estaba bien.

Ya no tuvo dudas para no parar.

CAPÍTULO 13

Había sido objeto de caricias y toqueteos durante demasiado tiempo y rápidamente llegó a ese punto sin retorno.

Él gimió cuando el primer chorro poderoso surgió de su miembro, todavía apuntando directamente a la cara bonita de Nancy.

"¡Si!" gritó, ordeñando sus bolas mientras sacudía su polla dura más rápido. "¡Todo! ¡Dámelo todo!"

Bob se vino una y otra vez con empujes lentamente decrecientes hasta que se sintió satisfecho y agotado.

Su polla seguía palpitando mientras Nancy le lamía el estómago.

Ella persiguió cada gota de leche cremosa que no había salpicado en su boca o en su cara.

"¡Mierda!" ella se rió, sentándose y él vio el desastre con el que le había rociado las mejillas y la nariz.

Se había corrido en la cara desde la frente hasta la barbilla.

Pasó los dedos por los pedazos más jugosos, inmediatamente lamió su dedo antes de volver por más.

"Me siento como una estrella porno", dijo, todavía riéndose mientras lo empujaba hacia atrás para poder ponerse de pie. "No vayas a ningún lado".

Ella corrió hacia su baño y apareció unos momentos después.

Su cara se veía húmeda y limpia.

Ella sonrió mientras volvía a sentarse.

"¡Eso estuvo tan caliente como el infierno!"

"Eso fue una locura", dijo, espiando una gota final que se aferraba a la cabeza de su polla.

Lo recogió y se lo dio de comer.

"¿Siempre has sido así?"

"Siempre he sido muy oral", dijo con una gran sonrisa.

"Yo también", ofreció sin ninguna razón en particular.

"Dios, espero que seas bueno en eso. Andy no podía encontrar mi clítoris con una hoja de ruta, un GPS y seis letreros de neón apuntando hacia él".

"Creo que lo hago bien", dijo, no queriendo sonar como un fanfarrón.

"Estoy muy cachonda", dijo, acurrucándose contra él y poniendo una mano entre sus piernas.

"Debería irme", le ofreció, dándole eso como una pista de que ella querría algo de tiempo para sí misma.

"No, creo que deberías quedarte", dijo ella, acercando su cabeza a la de él y besándolo profundamente.

Él le devolvió el beso, ansiando más de lo que nunca lo hubiera deseado.

La sintió retorcerse.

Ella rompió su beso y se desabrochó los pantalones.

"Eres porque necesito hacer esto".

No se desnudó, pero no había duda de lo que estaba haciendo mientras metía la mano dentro de sus bragas.

Bob la besó, manteniendo las manos para sí mismo mientras su corazón y su mente se aceleraban sabiendo lo que ella estaba haciendo.

Sintió que su pasión aumentaba tan rápido como la suya.

Ella se retorció y gimió profundamente en su boca.

Sintió que su cuerpo se tensaba por un momento antes de que ella se estremeciera con su orgasmo, alejándose y jadeando por una profunda bocanada de aire.

"Eso fue increíble", dijo, abrazándola hasta que se calmó. "¿Te sientes mejor?"

"Mucho mejor", suspiró, quitando la mano de sus pantalones.

Sus dedos brillaban con su humedad.

Sin preguntar, le rodeó la muñeca con la mano y la guió hacia los labios.

Él le chupó los dedos, saboreando su sabor mientras ella le alcanzaba el regazo con la mano opuesta.

"Estás duro de nuevo".

"Me pregunto por qué", dijo.

Ella pasó su mano alrededor de su polla dura acariciándola varias veces antes de deslizar su mano por su muslo.

"¿Todavía somos solo amigos?"

"No sé, ¿verdad?"

"Eso es lo que quiero que seamos", dijo, inclinando la cabeza sobre su hombro.

Ella deslizó su mano cerca de su polla nuevamente.

"Quiero que seamos el tipo de amigos donde esto está bien".

"Entonces, ¿amigos con beneficios?"

"Dios no, odio esa frase".

"Entonces dime qué quieres y ese es el tipo de amigos que seremos".

"¿Quizás puedas ser mi mejor amigo desnudo?" preguntó ella, dándole una sonrisa cansada y somnolienta. "Mi mejor amigo desnudo que a veces también me besa".

"¿Y se masturba frente a ti?"

"Me gusta cuando haces eso", dijo, apretando su polla. "Así que sí, mi mejor amigo desnudo que a veces me besa y me deja verlo masturbarse. Ese es el tipo de mejor amigo que quiero".

"Creo que todavía estás borracha", sugirió, besando su frente. "¿Quieres ayuda para ir a la cama?"

"No quiero ir a la cama. Quiero quedarme aquí así", dijo, acurrucándose más cerca.

Bob la sostuvo en sus brazos hasta que se durmió antes de salir cuidadosamente de debajo de ella.

La cubrió con una manta, se vistió y se fue muy silenciosamente.

Cuando llegó a casa, no pudo resistirse a masturbarse una vez más.

Sentir sus partes afeitadas del cuerpo era una sensación nueva y muy interesante, aunque su orgasmo no fue tan alegre como el primero de la noche.

Lo achacó a que ya era muy tarde y estaba cansado por lo que fue a la cama.

CAPÍTULO 14

Se despertó, se desnudó para ducharse y después de la ducha, decidió quedarse así.

Ser afeitado allí se sentía más divertido cuando se exponía al aire.

Sin nada en que hacer de inmediato para el día, comenzó a jugar a videojuegos.

Algunas veces comenzaba a ponerse duro solo por la emoción de sentarse desnudo en su casa.

No le importaba.

También era más divertido estar desnudo cuando estaba duro.

***

Era casi mediodía del domingo antes de que Nancy llamara.

"¿Qué estás haciendo?"

"Jugar videojuegos desnudo", dijo, poniendo su juego en pausa.

"Si eso es cierto, ya voy para allá".

Bob ignoró su comentario.

"¿Cómo te sientes? Anoche estabas bastante borracha".

"Estoy bien. Me quedé decepcionada al despertarme en una casa vacía".

Sin saber qué más decir, se cubrió y no dijo nada más que:

"Bueno, ya sabes".

"¿Qué? Ya has pasado la noche en mi casa".

"Lo sé, pero no estaba demasiado borracho para conducir", señaló.

"Sí, pero ¿cómo se supone que debo saber con certeza si eres mi mejor amigo desnudo si no estás aquí por la mañana?"

Bob se echó a reír ante su notable capacidad para mantener un recuerdo total incluso después de una noche de estar absolutamente cagada.

"Bueno, afortunadamente tomo las palabras de chicas borrachas con un poco de precaución".

"Ahhh, ¿entonces eso significa que, si me voy hoy para allá, no vas a desnudarte para mí?"

"¿Lo dices en serio?"

"¿Por qué no?" preguntó ella, sonando tan alegre como siempre. "Actúas como si no fuera nada para mí".

"En realidad, creo que lo estoy haciendo principalmente por ti", corrigió Bob, riendo.

"No tengo ningún problema con eso. ¿Está mal que me enamorara de mi mejor amigo?"

"¿Por qué ahora? He estado contigo durante años".

"Excepto que soy una rubia flaca y siempre sales con morenas regordetas".

Bob no se molestó en explicarlo.

"Julia es una rubia flaca y también quiere verte desnudo de nuevo" Dijo ella.

"Oh por favor no", gimió. "Creo que mi cabeza explotaría si tuviera que escuchar su constante charla".

"Sí, se pone así después de haber tomado un par de copas. Me ha estado enviando mensajes de texto esta mañana preguntando por ti".

"¿Y?"

"¿Y qué? Le dije que no sabía si estabas viendo a alguien. También le dije que me desmayé en el camino a mi casa".

"¿Sabes algo de Andy?" preguntó, levantando su controlador mientras mantenía el teléfono debajo de la barbilla.

"Por lo general, llama por las noches", dijo con un profundo suspiro. "No se siente divertido hablar con él cuando sé que me engañó. ¿Qué se supone que debo decir?"

"No lo sé."

"Y no quiero romper por teléfono, porque eso es en realidad una mierda, especialmente porque pronto estará en casa".

"Después de que rompas con él, tú y yo deberíamos salir en una cita real y ver qué pasa".

"Ya sé lo que sucederá", dijo. "Saldremos, lo pasaremos genial, volveremos a tu casa y follaremos como locos".

"Suena bien hasta ahora", dijo, sintiendo su erección respondiendo a la idea.

"Y luego, en la mañana, los dos estaremos tan asustados por lo que hicimos que nunca lo volveremos a hacer".

"Creo que todo sucederá exactamente como dijiste, excepto la parte del día siguiente. Creo que nos despertaremos en los brazos del otro, profesaremos nuestro amor eterno el uno al otro e inmediatamente haremos planes para saber si nos mudaremos juntos a tu casa o a la mía ".

"Bueno, a la tuya", dijo Nancy. "Tienes una casa y todavía vivo en un departamento".

"Mi versión tiene un final más feliz".

"Excepto que no creo que los amigos deban follar porque eso nunca sale bien. ¿Recuerdas a Kevin?" Bob tardó un momento en colocar el nombre en el pasado de Nancy. "Él y yo comenzamos solo como amigos, luego nos convertimos en novios por un tiempo, pero no funcionó. Él quería ser amigos con derechos, pero yo no quería hacerlo, así que dejamos de ser amigos también."

"Me has visto desnudo y todavía somos amigos", señaló Bob.

"Sí, y todavía quiero verte desnudo también. ¿Puedo ir?"

"Si lo haces, me estoy vistiendo".

"Ahhh, ¡no seas así!"

"Vamos, Nancy, ambos sabemos que estamos jugando con fuego. ¿Por qué crees que me pongo tan duro a tu alrededor?"

"¿Porque tengo calor?" preguntó ella, riendo mientras lo decía.

"¿Crees que nunca me di cuenta?" Había algo en estar desnudo por teléfono con Nancy y saber que lo había visto desnudo que le daba a

Bob la fuerza para desnudar su alma también. "Este fin de semana no es la primera vez que he estado duro contigo".

Lo que dijo Nancy en respuesta, sin embargo, lo sobresaltó.

"Y este fin de semana no es la primera vez que me lo hago pensando en ti".

"Espera, ¿acabas de decir 'me lo hago'?", Preguntó, entendiendo exactamente lo que ella quería decir con esas palabras.

"Sí. Los chicos se la pelan y las chicas se lo hacen. Así que, sí, has sido estrella invitada un par de veces para mí. ¿Eso está mal?"

"No", dijo, apretando su erección rápidamente expandiéndose entre sus muslos. "¿Está mal que me esté costando escuchar eso?"

"Eres un idiota", se rió. "Ya me lo hice una vez hoy. Dime que estás desnudo y duro y que tendré que volver a hacerlo también".

"¿De verdad?" preguntó, ignorando su pedido. "¿Con qué frecuencia lo haces?"

"¿Con qué frecuencia lo haces?"

"Creo que es diferente para los hombres", dijo, sintiéndose sonrojado.

"Lo hice tres veces ayer", anunció Nancy como si no fuera nada. "Una vez cuando me desperté y eso fue por ti. Luego lo hice otra vez antes de salir anoche, lo que puede o no haber sido por ti, y luego una vez más contigo anoche. Espera, fue tarde, así que supongo que eso significa que ya lo hice dos veces hoy "

"Lo hice de nuevo cuando llegué a casa", confesó.

"¿Ya lo has hecho hoy?"

"Todavía no", dijo, aunque tenía la sensación de que lo haría muy pronto.

"¿Puedo ir y verte hacerlo?"

Bob guardó silencio durante mucho tiempo mientras luchaba con su respuesta.

Si él decía "sí", ¿dónde terminaría esto? Pero si él decía "no", ¿lo tomaría ella como una ofensa?

Nancy llenó el espacio vacío que le dejó con una sugerencia propia:
"Creo que deberías decir 'sí' porque eso probaría que podemos hacer eso sin que signifique nada".

"Oh, ¿así que se supone que debo invitarte cada vez que tengo ganas de masturbarme solo para que puedas ver?"

"Estoy de acuerdo con eso. Quiero decir, te dejaría mirarme, excepto que no es lo nuestro".

"¿Podemos hacer que sea lo nuestro?"

"No creo que sea una buena idea", dijo Nancy sin explicación. "¿Qué pasa si prometo que no te intentaré tocar? ¿Eso lo hace mejor o peor?"

"Un poco de ambos", dijo, acariciando casualmente su erección y preguntándose cómo llegaría a ser un problema eso.

"¿Sería mejor si llevara a un amiga para que viera también?"

"Por favor no digas Julia".

"No, no tiene por qué ser Julia", susurró. "Any podría querer mirar. Y también tengo otras amigas. Tal vez debería traer a alguna que no conocieras, ¿te gustaría?"

"¿Sabes lo que es realmente loco?" Preguntó. "Me estoy poniendo muy duro al escuchar esto".

Nancy se rió y le sonó a dulce música.

"¿Debería decirte que me estoy mojando al decirlo?"

"Solo si quieres que me ponga aún más duro".

"¿Realmente estás jugando videojuegos desnudo?"

"Tengo el juego en pausa".

"Pero estás realmente desnudo, ¿verdad?"

"Lo he estado desde esta mañana. Ser afeitado se siente mejor si estoy desnudo".

"Dios, fue tan sexy ver a Julia hacerte eso".

"¿De verdad?" Preguntó sorprendido.

"Sí. Creo que porque quería hacerlo yo y sabía que no podía, así que tuve que dejar que lo hiciera ella. No lo sé. O tal vez porque estabas realmente duro y me gusta verte duro".

"Estoy duro en este momento", ronroneó, sintiéndose medio idiota por decirlo en un tono ronroneante.

"Sigue de ese modo."

"¿Por qué?"

"Solo porque sí", insistió ella.

"¿Dónde estás?" preguntó, notando cómo el sonido cambiaba en el fondo.

"¿Dónde crees que estoy?"

"Pensé que estabas en casa", dijo justo cuando escuchó un golpeteo de golpes suaves en la puerta de su casa.

CAPÍTULO 15

No necesitaba mirar por la ventana delantera para saber que vería su auto en su camino de entrada.

Solo Nancy llamaba a su puerta de esa manera, una llamada que evocaba un regreso a la escuela secundaria cuando ella era la conductora de la sección de percusión de la banda escolar.

Desnudo y duro como el infierno, Bob cortó la llamada de teléfono y se dirigió a la puerta principal.

Tampoco se molestó en revisar la mirilla.

Abrió la puerta de par en par y sonrió a su amiga que todavía sostenía su teléfono cerca de su oído.

"Hola", dijo ella, entrando.

Echó un vistazo a la televisión, como para asegurarse de que había estado jugando videojuegos.

No había mentido.

Su juego permanecía en pausa.

"Ahora bien, ¿qué estabas haciendo?"

"Bueno, creo que estaba haciendo esto", dijo, volviendo a su sofá donde se sentó, recogió su controlador de juegos.

"¿Oh enserio?" preguntó ella, sentándose a su lado y mirando por su hombro a su orgullosa e hinchada polla. "Pensé que estabas jugando con otra cosa".

"Oh, ¿te refieres a esta vieja cosa?" preguntó, golpeando su erección. "Sí, podría haber estado haciendo algo con eso también".

Nancy se desabrochó los jeans y metió una mano dentro de sus pantalones.

"¿Tienes ganas de hacer eso un poco más?"

"Sí", jadeó, demasiado emocionado para seguir siendo tímido.

Arrojó su controlador a un lado y lentamente comenzó a jalar su polla dura mientras veía la mano de ella moverse dentro de sus pantalones.

"¿Recuerdas lo que hice anoche?" ella preguntó.

Antes de que él pudiera responder, ella se inclinó y le puso la mejilla en el estómago.

A diferencia de la noche anterior, ella acercó su rostro a la punta de su polla y cada vez que exhalaba, él podía sentir su cálido aliento acariciando la cabeza de su polla.

"Esto está muy mal", murmuró, aunque movió su mano más rápido, acariciando e instando a su orgasmo más cerca de la realidad.

"Hazlo", gimió ella.

Podía sentir los movimientos rítmicos de su brazo mientras ella se acariciaba.

"Oh, joder", gimió, sintiendo que su necesidad se acercaba rápidamente.

"¡Si!" ella siseó y eso fue suficiente para él.

Logró lanzar otro gemido antes de estallar con estrellas de placer en sus ojos.

Llegó con fuerza, disparó y roció su corrida hacia arriba, a través de su vientre, y en la boca de espera de su mejor amiga.

Como había sucedido la noche anterior, se vino con fuerza, disparando mechones gruesos y tensos hacia arriba con cada contracción de su cuerpo y se sintió maravilloso.

"Mucho mejor", dijo Nancy, sonando también un poco sin aliento. "Apenas se perdió un chorro".

Se sentó, se quitó un chorro de la barbilla y sonrió.

"¿Y tú qué tal? ¿Llegaste?" preguntó, avergonzado de haber estado tan centrado con su orgasmo que podría haberse perdido el suyo.

"Oh, sí", le aseguró, dándole de comer dos dedos mojados cubiertos con la humedad de su cuerpo.

"Joder, quiero joderte tanto".

"¿Como crees que me siento yo?" preguntó ella, dándole un pequeño beso y una sonrisa mucho más grande. "Ahora, ¿por qué no vuelves a tu juego y voy a ver qué tienes que comer por aquí?"

"No mucho", dijo, siguiéndola a la cocina. "No he ido de compras al supermercado en unos días".

"Juega y ya encontraré algo", dijo, abriendo la puerta del refrigerador.

Se apoyó contra la pared mirándola por un momento.

"Y no te atrevas a vestirte", dijo ella, sacando algunos huevos, algunas verduras y lo último de su leche.

"Sí, señora", dijo, sintiéndose incómodo pero decidido a seguir sus reglas.

CAPÍTULO 16

Nancy batió dos deliciosas tortillas con los restos de comida que Bob tenía en su refrigerador.

Sentados en su sofá, vieron a Netflix mientras comían y él permaneció desnudo todo el tiempo.

Después de comer, lavó los platos y la vio mirándolo mientras regresaba a su sala de estar.

"No es tan impresionante cuando estoy blando, ¿verdad?" dijo, captando la dirección de su mirada.

"En realidad, también me gusta blanda. No siempre tienes que estar duro conmigo mientras estés desnudo".

"¿Qué pasa si me pongo duro?" preguntó, sentándose a su lado.

"Aún mejor", dijo con una sonrisa.

Ella agarró su mano y la sostuvo mientras miraban el resto de la película.

De vez en cuando, Nancy miraba entre sus piernas y sonreía.

Después de la película, se puso de pie y se estiró.

Bob admiraba su cuerpo ágil mientras trabajaba con las torceduras que sentía.

"Entonces, supongo que me iré a casa y me masturbaré antes de que mi novio llame".

"Eso es caliente", dijo Bob, sintiendo un cosquilleo entre sus piernas.

Él distraídamente tiró de su polla.

"Ahora no te pongas duro o tendrás que darme otro espectáculo".

"En realidad, estoy tratando de no hacerlo", admitió con una pequeña sonrisa.

"Joder, déjame besarte una vez antes de irme, ¿de acuerdo?"

"Claro", dijo, esperando un pequeño beso de despedida.

En cambio, ella envolvió sus brazos alrededor de su cuello y le dio un beso profundo y conmovedor.

Estaba medio duro de nuevo cuando ella se apartó.

"Es bueno saber que mis besos pueden hacer eso por ti".

"Eres una verdadera perra a veces", dijo con una gran sonrisa, frotando su medio dura erección para convertirla en algo más.

"Cuidado", dijo ella, mirándolo. "O tendré que quedarme a mirar".

"Vete", le dijo, caminando hacia su puerta principal.

Se escondió detrás de la puerta mientras la abría.

"Que te diviertas."

"Oh, lo haré", dijo ella, dándole otro beso antes de dirigirse a su auto.

Pensar en que Nancy iría a casa a masturbarse le dio a Bob razones suficientes para volver a ponerse duro, pero en lugar de hacer nada al respecto, disfrutó la sensación de estar desnudo y duro.

Acostarse a dormir con una erección se sentía extrañamente frustrante y satisfactorio a la vez.

Frustrante, porque ansiaba el alivio que se negaba a sí mismo.

Satisfactorio, porque sabía por qué estaba duro.

Este juego con Nancy lo había puesto muy duro y si compartiera su condición con ella, seguro que ella lo apreciaría.

CAPÍTULO 17

Otra semana laboral comenzaba en su trabajo habitual.

Bob se arrastró fuera de la cama, fue a trabajar y prestó toda su atención a su jefe durante aproximadamente ocho horas.

Luego las tardes eran tranquilas.

Él y Nancy intercambiaron algunos mensajes de texto.

También se puso al día con otros amigos.

Más tarde en la noche, luchó contra sus amigos en línea en el mundo virtual.

El mayor cambio en su vida fue la cantidad de tiempo que pasaba desnudo en casa.

No se molestaba con la ropa hasta que llegó el momento de salir de la casa.

El lunes y martes se duchó después de salir a correr y se quedó desnudo.

El otro cambio era no sentirse culpable si se le ocurría pensar en Nancy mientras se masturbaba.

El miércoles por la noche, lo invitaron a tomar un trago para el "Día del Trabajo" con Nancy, Any y Julia.

En contra de su mejor juicio, se unió a ellas para tomar una cerveza que le podía tomar por más de una hora.

Le preocupaba que Julia pudiera haber tenido una impresión equivocada de la otra noche.

Entrando en el mismo bar que la otra noche, se encontró con una escena similar.

Julia y Any estaban sentadas juntas mientras Chris le hacía la corte a un Nancy de aspecto infeliz en el bar.

La cara de Julia se iluminó tan pronto como vio a Bob.

Mierda, pensó, haciendo un movimiento para unirse a Any en su lado de la cabina.

"¿Fue algo que dije?" Preguntó Julia, decepcionada de que él estuviera sentado frente a ella.

"No. Es solo que la última vez me atacaste con objetos afilados", dijo, esperando que la broma calmara su decepción.

"Entonces, ¡realmente sucedió!" Any exclamó.

Julia pareció sorprendida.

"¿Crees que lo había inventado?"

"Bueno, no, pero no sabía", dijo Any, tratando de retroceder. "¿Realmente dejaste que Nancy mirara?"

"No tenía muchas otras opciones", dijo, pidiendo la única cerveza que tendría esa noche. "Y no actúes como si fueras tan inocente".

"Bueno, podríamos haber hecho un plan cuando estábamos en el baño", dijo Any, sonriendo y tomando un sorbo de su cerveza.

"Para que conste, no pasó nada", anunció Julia.

"Yo sí llamaría a lo que me pasó algo", dijo Bob, ganando sonrisas de ambas mujeres.

Se dio cuenta de que Any estaba bebiendo y le preguntó al respecto.

"Es el turno de Nancy para ser la conductora designada".

Llamando la atención de Nancy, la saludó con la mano por si ella no se había dado cuenta de su llegada.

"¿Uno de nosotros necesita rescatarla de Chris?"

"Tal vez", dijo Julia, luciendo preocupada. "Realmente se ha fortalecido con la rutina 'Estoy aquí para ti'".

"¿Ese es su teléfono?" Preguntó Bob, espiando un teléfono colocado frente a él que se parecía al suyo.

Ellas asintieron.

"Ahora vuelvo", dijo.

Subiendo la barra, se paró directamente detrás de Nancy, saludó al camarero y ordenó bebidas para Julia y Any.

Cuando el camarero se dio la vuelta, actuó como si acabara de notar que Nancy estaba de pie junto a él.

"¡Eh, tú!" él dijo.

"¡Oye, tú!" Dijo Nancy, volviéndose y mirándolo.

Parecía aliviada de verlo.

"¡Regresaste por más!"

"Bueno, Julia y yo nos llevamos bien la otra noche", dijo en beneficio de Chris.

"Sí, ella sigue hablando de ti", dijo Nancy.

"Oh, por cierto, creo que te perdiste un par de mensajes de texto de Andy. Any dijo que tu teléfono se estaba volviendo loco".

"Gracias", dijo Nancy. "Hablamos más tarde", le dijo a Chris y se apresuró hacia la mesa, dejando a Bob esperando al camarero.

"¿Crees que eres hábil porque las llevaste a casa la otra noche?" Chris preguntó.

"No, creo que soy hábil porque las dos me quieren", dijo Bob, dejando caer veinte en el mostrador para el camarero y recogiendo las dos bebidas sin esperar el cambio.

Bob recibió tres "gracias" cuando regresó del bar.

Uno de cada una de Any y Julia por las bebidas y el tercero de Nancy por la misión de rescate.

"Sigue presionando para saber qué voy a hacer cuando Andy llegue a casa".

"Por supuesto que sí", dijo Bob.

"Esta noche, estaba tratando de convencerme de que debería hacer que Andy se hiciera una prueba de SIDA antes de que me acostara con él de nuevo, ya sabes, para el caso de que esa chica no estuviera limpia".

"Caray", dijo Any, sacudiendo la cabeza. "Es un verdadero lío, ¿no?"

Las cosas estaban bien hasta que Julia presionó a Nancy por su decisión y Nancy dudó antes de responder.

"Probablemente voy a romper con él. Quiero decir, eso es lo que creo que voy a hacer, pero al menos debería escucharlo, ¿no?"

"Te engañó", insistió Julia. "No le debes una mierda".

"Dice la chica que quiere hacerlo bien", señaló Any, agregando otra nota a la ya muy triste canción.

"Mejor Andy que Chris", dijo Julia. "Chris es una bola de baba oportunista".

Las tres mujeres hablaron sobre Andy y Chris durante la mayor parte de la siguiente hora, mientras Bob permaneció callado.

Estaba atrapado pensando en cómo Nancy había dudado antes.

Con su cerveza casi desaparecida, Bob se despidió y se dirigió a la puerta.

Estaba casi en camino a su auto cuando escuchó la voz de Nancy detrás de él.

Consideró ignorarla, actuando como si no pudiera escucharla, pero no podía hacerlo.

Lentamente, se giró.

"¿Por qué te vas tan pronto?" preguntó ella, cruzando el estacionamiento hacia él.

"Me conoces, soy un peso ligero", dijo, imitando una bebida. "Uno y ya terminé".

"¿Estás enojado conmigo?"

"¿Por qué estaría enojado?"

"No lo sé, pero casi no dijiste nada en toda la noche".

Él se encogió de hombros.

¿Qué podía decir él?

¿Que él quería que ella rompiera con Andy para que pudieran salir?

"Ven aquí", dijo, acercándola y envolviendo sus brazos alrededor de ella. "Te amo."

"Y yo también te amo", dijo, abrazándolo y sonando muy confundida.

"Y siempre voy a ser tu mejor amigo, pase lo que pase, ¿de acuerdo?"

"Mi mejor."

"Llama a Andy esta noche. Dile que sabes que ha estado con otra persona. Hazle saber también el tipo de amigo que tiene en Chris".

"Pero no quiero romper con él por teléfono".

"Lo sé y no lo hagas. Solo dile que lo sabes y guarda el resto para cuando llegue a casa".

"¿Qué pasa si él lo niega?" preguntó ella, confundida por su consejo.

"Entonces sabrás con seguridad qué tipo de conversación vas a tener con él este fin de semana".

"¿Y si él lo admite?"

"Entonces no lo sé", dijo Bob. "Depende de si fue una noche o no".

Nancy lo miró por un largo momento antes de golpearlo en el brazo.

"Das consejos de mierda".

"Lo siento", dijo. "Pero no escuché ningún consejo mejor de tus amigas".

"Te amo", dijo ella, enredándolo en sus brazos nuevamente.

Esta vez, su abrazo incluyó un beso.

Aunque fue un beso largo, no incluyó ninguna lengua.

No fue ese tipo de beso.

"Ve a casa y juega contigo mismo por mí".

"Claro", dijo, dándole una sonrisa que no incluía sus ojos.

Mientras la observaba alejarse con la cabeza gacha, vio a Chris entrando en el restaurante.

Por supuesto que Chris la había seguido afuera.

Jódete, pensó Bob, subiéndose a su automóvil y conduciendo por el largo camino a casa con la esperanza de que se le aclarara la cabeza.

No lo hizo.

Alrededor de las once, recibió un mensaje de texto de Nancy,

"Intenté llamar a Andy. Él no respondió. Mejor no estar con ese problema más. Buenas noches".

Su mensaje de texto no hizo que Bob se sintiera mejor o peor.

Escribió un sencillo, "OK", y se fue a la cama.

El bendito sueño llegó rápida y completamente.

CAPÍTULO 18

Bob disfrutó de la rutina de su jueves con una excepción, su vello púbico estaba creciendo nuevamente y creando una irritante sensación de picazón dentro de sus boxers.

Sabía que tenía dos opciones, afeitarse nuevamente o aguantarse hasta que le volviera a crecer el vello.

No estaba seguro de hacia dónde quería ir.

Cuando llegó a casa, ya estaba decidido.

En lugar de salir a correr, se metió en la ducha y se afeitó con el rastrillo sus partes privadas.

Después de su ducha, vio que había perdido una llamada de Nancy.

Cuando él la marcó, ella hizo una extraña petición:

"¿Quieres emborracharme esta noche en tu casa?"

"Claro, justo después de que me digas por qué".

"No quiero", dijo y Bob supo la respuesta.

"Andy".

"Anoche me llamó a la una en punto. Era una llamada de borracho, pero me contó todo. Me contó cómo había estado viendo a otra chica, que había sido un accidente y que no la quería. "

"Bueno, no es eso conveniente".

"¿Qué significa eso?" Nancy preguntó.

Bob suspiró.

No importaba.

Nunca lo había hecho, pero aun así se tomaría el tiempo para explicarlo porque eso es lo que los amigos hacen por los amigos.

"Hm, la misma noche que Chris nos ve besándonos en el estacionamiento es la noche en que llama ebrio y derrama su corazón. ¿Te pareció sorprendido que respondieras?"

"Un poco", confirmó, confundida. "Pero ya era tarde".

"Tarde, pero en casa, lo suficientemente tarde como para saber si estabas pasando la noche fuera o no".

"Suficientemente tarde para que él estuviera realmente borracho. Era el día del Trabajo".

"Nancy, te estaba vigilando. Chris nos vio en el estacionamiento, se lo contó y se preocupó por el coño que le esperaba en casa".

"Entonces, ¿por qué me habló de esa otra chica?"

"Chris probablemente le dijo que creías que algo estaba pasando. ¿Le dijiste a Andy qué tipo de amigo tiene en Chris?"

"Después de que él confesó, eso no se sintió importante", explicó. "Él preguntó por ti, si aún éramos mejores amigos".

"Interesante", dijo, dándole espacio para reconstruir las cosas a su propia velocidad.

Bob sabía que Nancy era astuta y lo resolvería.

"Espera, ¿estás sugiriendo que Chris está tratando de hacer que Andy se moleste? Eso no tiene ningún sentido. Andy sabe que solo somos amigos".

"Yo lo sé y tú lo sabes, pero ¿Chris lo entiende?"

Nancy estaba callada mientras procesaba los pensamientos de Bob.

"Lloró", dijo al fin. "Andy lo hizo. Después de que me dijo que me había sido infiel".

"Y también te dijo cuánto te ama".

"Umm-¿Cómo lo supiste?"

"Porque soy un hombre", dijo.

"¿Te emborracharás conmigo?" ella preguntó.

"Si hago eso, ¿cómo llegarás a casa?"

"Pasaré la noche en tu casa", señaló. "¿Y está bien si Any y Julia también vienen?"

"Mi casa es su casa", dijo.

Se sentía mal por Nancy.

Ella merecía algo mejor que un jugador como Andy.

Si necesitaba una noche de borrachera con amigos para distraerse de él, haría lo mejor que pudiera.

Sacó una botella del mejor ron de debajo de su mostrador, sabiendo que era su favorito.

Él ordenó comida china para llevar para que ella la recogiera en el camino.

CAPÍTULO 19

Sus amigas se presentaron con una mezcla de tequila y margarita.

Durante la cena, Nancy puso a sus amigas al día con el drama entre Andy y Chris.

Incluyó la opinión de Bob de que Chris estaba tratando de separar a la feliz pareja.

"El error de Chris es pensar que Andy se pondría celoso por mí", señaló Bob. "Andy sabe que solo somos amigos. Puede que no le guste nuestra amistad, pero no soy una amenaza".

"¿Por qué no?" Preguntó Julia, comenzando con su segunda margarita. "Eres lindo."

"Solo somos amigos", insistió Bob, bebiendo profundamente de su ron con Coca-Cola.

¿Qué diferencia había?

No iba a ir a ninguna parte, por lo que bien podría ser sincero.

Levantó el vaso alto y propuso un brindis.

"Por el último día de libertad de Nancy".

Pasó un momento con todos ellos con los ojos puestos en Nancy para juzgar su reacción.

Parecía insegura, pero finalmente también levantó su copa.

"¡Por la Libertad!"

El grito se hizo eco dos veces más y todos bebieron.

"Entonces, quiero saber qué se necesita para obtener un espectáculo", preguntó Any.

"Mucho más de esto", dijo él, mezclando otra bebida para sí mismo.

Por hábito cauteloso, lo mezcló ligeramente.

"Déjame ayudarte", dijo Nancy, rematando su bebida con un poco más de ron.

Él la fulminó con la mirada.

"¿Qué?" Preguntó, mostrando una sonrisa inocente. "Tal vez también quiero un show más esta noche".

"No va a suceder", murmuró, sorbiendo la bebida mucho más fuerte ahora.

"Ya veremos", dijo Nancy.

El cuarteto se movió frente a la televisión de Bob y comenzaron a poner videos de YouTube.

Usaban sus teléfonos para agregar nuevos videos a la cola, riéndose y a veces gritando con sorpresa cuando un nuevo video lo merecía.

A medida que bebían más, los videos se volvieron más agresivos y también lo hicieron las discusiones sobre los videos.

"La gente abandona la masturbación durante un mes", las tres chicas afirmaron que nunca podrían hacerlo.

"Cuándo supiste por primera vez que una mujer podía masturbarse", les hizo compartir sus historias personales de descubrimiento.

"Está bien, que alguien pause los videos, tengo que orinar", anunció Julia, tambaleándose medio paso mientras se levantaba del sofá.

"Alguien se está emborrachando", señaló Bob, riéndose de ella.

"Sí, bueno, y tú necesitas beber más", le dijo Nancy, agarrando su vaso y llevándolo con ella a la cocina.

Ella le devolvió una bebida que sabía más a ron solo que a un ron y Coca-Cola.

"Bébetelo todo."

"Sí, porque quiero mi show", dijo Any, poniéndose de pie para darse una vuelta al baño.

Después de intercambiar palabras en el pasillo con Any, Julia fue a la cocina y regresó con cuatro tragos de tequila.

"¡Estamos haciendo tiros!" anunció ella, pasándolos a todos. "Y seguiremos haciendo tiros hasta que Bobbie se vuelva loco".

"No me estoy volviendo loco", dijo Bob.

Probó otro sorbo de su bebida.

Maldición, eso fue fuerte.

"No puedo tomar ningún tiro", objetó Any cuando regresó. "Una de nosotras tiene que mantenerse lo suficientemente sobria para conducir".

"¡Entonces Bob se toma dos!" Julia insistió, empujando el tiro extra hacia él.

"Pero ni siquiera quiero uno", le dijo a Nancy, pidiéndole ayuda.

"Lástima", dijo ella, sosteniendo su tiro. "Ahora sé hombre, arriba y bebe".

Ella empeoró las cosas levantando su vaso y proponiendo un brindis:

"¡Por el afeitado de hombres!"

"Perra", murmuró Bob lo suficientemente fuerte como para que solo ella lo oyera y tres de cuatro de ellos tomaron los disparos.

Como no era un fanático del tequila, Bob siguió a su trago con un pequeño sorbo de ron y Coca-Cola.

La bebida fuerte hizo poco para aliviar el ardor en el fondo de su garganta.

"Uno más", dijo Nancy, sosteniendo el tiro restante.

"Te odio", le dijo, sabiendo que ella no se ofendería.

Lanzó el segundo trago, tomó otro sorbo de su ron y Coca-Cola, y prometió completar su bebida con más Coca-Cola cuando regresara del baño.

Usó el baño de su habitación, notando que se estaba sosteniendo de la pared mientras estaba parado frente a su inodoro.

Maldita sea, estaba más borracho de lo que pretendía.

En su camino de regreso a la sala de estar, olvidó su promesa de completar su bebida con más Coca-Cola y encontró a Any sentada en su lugar.

"Deberías sentarte aquí", anunció Julia, acariciando el espacio vacío entre ella y Nancy en el sofá.

Cuando Bob pasó por Julia, le dirigió a Nancy una mirada escéptica.

Ella exageró la mirada inocente que le dirigió.

"No me voy a desnudar delante de ti y tus amigas", le dijo.

"Si te pones lo suficientemente duro, lo harás", dijo ella, recogiendo su bebida demasiado fuerte y entregándosela.

Trabajó con el controlador y reanudó la cola de videos.

El primero fue:

"Masturbación: hombres contra mujeres", donde una mujer que se parecía mucho a Any le dice a su novio que llega tarde porque se estaba masturbando.

Bob tomó un sorbo de su bebida e intentó mantener la calma, incluso después de que Nancy le puso la mano en la rodilla.

"¿Algún problema?"

"En absoluto", dijo justo antes de tomar un trago más grande de lo que necesitaba.

Empujó su bebida fuera del alcance de los brazos.

Él estaba bebiendo lo suficiente y por la forma en que Nancy estaba avanzando lentamente su mano por la parte interior de la pierna, podía suponer que ella también.

"¿No tienes novio?"

Ella ignoró su comentario.

"Entonces le estaba diciendo a Julia lo bueno que eres besando y ahora ella tiene mucha curiosidad".

"Ella ya lo sabe", le dijo a Nancy, molesto de que ella lo empujara tan fácilmente.

"¿Wow en serio?" Any preguntó desde su lugar anterior en el sillón, el único lugar para sentarse solo en su sala de estar. "¿Vas a dejar pasar la oportunidad de besar a Julia gratis?"

"Sí, ¡jódete!" Dijo Julia, virando hacia la tierra de convertirse en un borracha beligerante en lugar de una simpática, demasiado feliz. "¿Qué hay de malo en besarme? No tengo mal aliento ni nada".

Nancy se inclinó y le susurró al oído:

"Ve con cuidado, saltamontes".

Aún capaz de pensar rápidamente, Bob intentó darle un mejor giro a su objeción al enfrentarse a la bella rubia.

"Si nos besamos, quiero que sea un beso real", explicó. "No que sea un espectáculo para tus amigas".

"Ahhh, ¿no eres la cosa más dulce del mundo?" ella gritó, poniendo su mano en el costado de su rostro y dándole una mirada de disculpa y compasión.

Bob pensó que había esquivado con éxito la solicitud hasta que ella se inclinó hacia adelante y presionó sus labios contra los de él.

Al principio, Bob no le devolvió el beso.

Él aceptó sus labios contra los suyos de la misma manera que aceptaría un beso en su mejilla, pero eso no fue lo suficientemente bueno para Julia.

Ella no se detuvo hasta que él comenzó a besarla.

Aun así, eso no fue suficiente para ella.

Ella deslizó su mano detrás de su cabeza, sostuvo su rostro contra el de ella e insistió en más.

Sintiendo que no tenía otra opción, Bob obedeció hasta que sus lenguas se encontraron en una feroz y extremadamente intensa batalla por la supremacía entre ellas.

Julia retrocedió lo suficiente como para anunciar:

"¡Mierda, esto es bueno!"

Luego apretó los labios contra los suyos y exigió más.

Demasiado borracho para preocuparse, Bob le devolvió el beso.

¿Habría alguna forma de besar a Julia que pusiera celosa a Nancy?

Encendido su encanto, dedicándose al momento con los ojos cerrados, las cosas iban bien hasta que sintió la mano de Nancy descansando sobre su muslo.

Bob gimió cuando Nancy intentó desabrocharle la parte delantera de sus pantalones.

Intentó apartar el brazo de Julia para detener a Nancy, pero Julia no lo permitió.

Tan pronto como sintió su brazo moverse, lo agarró por el codo y lo obligó a mantener su brazo alrededor de ella.

Su otro brazo estaba atrapado entre el respaldo del sofá y su cuerpo, inútil para detener a Nancy.

"¿Está duro?" escuchó a Any preguntar.

"Oh, sí", se rió Nancy, presionando contra la espalda de Bob y acariciando su cuello mientras él continuaba besando a su amiga. "Tan fuerte que creo que necesita mostrárnoslo".

Una vez más, Bob gimió su objeción.

Tan pronto como lo hizo, Julia gimió de nuevo en su boca, como si hubiera gemido por pasión en lugar de pánico.

"Relájate", susurró Nancy en su oído.

Su aliento se sentía cálido contra su cuello.

"Realmente queremos verlo y ¿quién sabe qué pasará si nos lo muestras?"

Bob siguió besando a Julia, sin saber qué hacer.

"Sabes que quieres esto", ronroneó Nancy, tirando del cierre en la parte superior de sus jeans.

Cuando sintió la mano de Julia deslizarse por su estómago plano, se rindió y fue con ella.

CAPÍTULO 20

Julia deslizó su mano dentro de la cintura de sus calzoncillos y acarició su erección antes de romper su beso para poder mirar dónde estaba tocando.

"Qué suave", dijo con un chillido borracho en su voz.

Cuando Nancy comenzó a tirar de sus pantalones, Bob levantó el trasero del sofá.

Nancy también le quitó los boxers.

"¿Qué pensaría Andy?" Any preguntó.

"Qué se joda", dijo ella.

"¿Andy o Bob?" Any preguntó con una risa lujuriosa cuando Julia levantó la camiseta de Bob sobre su cabeza.

Más rápido de lo que le hubiera gustado, Bob se encontró sentado desnudo y duro en su sofá entre dos bellas rubias mientras Any la morena miraba ansiosamente entre sus piernas.

"Maldición."

"Lo sé", dijo Nancy, golpeando su polla dura. "Es bonita, ¿verdad?"

"¿Puedo tocar?" Preguntó Julia, ya buscándola antes de que Bob pudiera asentir ansiosamente.

¿Por qué no dejarla tocar?

Esperaba que al menos una de estas chicas quisiera hacer mucho más que simplemente tocarlo allí.

Julia acarició su erección, evitando deliberadamente la parte en la que más quería sentir su caricia.

Se concentró en la carne suave y desnuda alrededor de su miembro hinchado y dolorido.

"Eso se siente realmente sexy".

"¿No es así?" Dijo Nancy, acariciándola también. "Me encanta."

"Bueno, se ve sexy como el infierno", dijo Any desde su silla. "Hace que se vea como una estrella porno".

"Siéntelo", insistió Julia.

"No puedo. Tengo novio, ¿recuerdas?"

"También Nancy y ella le está tocando".

"No cuenta si no tocas su polla", dijo Nancy, presionando para que Bob se pusiera de pie. "Adelante. Déjala sentir por sí misma".

Lentamente, a Bob le empezaron a temblar las rodillas.

¿Era el alcohol o estar desnudo frente a las tres mujeres lo que había debilitado sus rodillas?

No estaba seguro.

Tal vez una combinación de ambos.

Con cuidado, rodeó a Julia hasta que se paró frente a Any.

Su polla palpitaba.

No quería que su polla latiera, excepto que estaba emocionado y eso era lo que hacían las pollas emocionadas.

"Ooohh, ¿estás tan feliz de verme?" Any preguntó, riendo.

Con mucho cuidado, pasó una mano por su estómago, bajó por su pelvis, y lentamente trabajó más cerca hasta que tocó partes de su anatomía que previamente habían estado cubiertas de vello púbico.

"Maldición, eso se siente bien, ¿no?" Ella lo miró y le preguntó: "¿Te gusta?"

"Sí."

"¿Nancy vio a Julia haciendo esto o ella también ayudó?" Any preguntó.

"Ella solo miraba", dijo. "¿Me puedo vestir ahora?"

"No, creo que tienes que quedarte así", dijo Nancy, agarrando su ropa y empujándola detrás de ella.

"Ah, vamos", se quejó, comenzando a sentirse incómodo. "Ustedes ya tuvieron su show".

"De ninguna manera, Bobbie", dijo Nancy con una sonrisa juguetona. "Ahora que estás desnudo, tienes que quedarte así".

"Me gusta", le dijo Any, dándole palmaditas en el trasero. "Yo también creo que deberías quedarte así".

"Es tan jodidamente sexy", le dijo Julia a Nancy como si Bob no estuviera allí. "Amo sus músculos".

"Sabes que puedo escucharte, ¿verdad?" Bob preguntó, pasando a su lado para sentarse de nuevo.

Tal vez si se sentara y cruzara las piernas o algo así, no se sentiría tan desnudo.

Con las dos chicas sentadas a cada lado de él, cruzar las piernas no consiguió nada para ocultar la polla de su vista.

Rindiéndose, Bob estiró sus largas piernas, cruzó los pies por los tobillos y se llevó las manos a la cabeza.

Empalmado.

Si no podía ocultarlo, podría alardearlo.

"¿Te importaría mezclarme otra bebida?" Preguntó Nancy, pasándole un vaso casi vacío.

"Creo que deberías beber del mío", sugirió.

"El tuyo es principalmente ron. Me gustaría que el mío esté más cerca de mitad y mitad", dijo.

"Entonces probablemente deberías hacerlo tú misma", dijo Bob, no queriendo desfilar duro y desnudo frente a las tres chicas.

"¿Por favor?" ella arrulló, haciendo una mueca.

Una vez más, Bob dejó de intentar discutir.

Aceptando su vaso, se puso de pie y fue a la cocina, ignorando la sensación de tres pares de ojos mirándolo caminar desnudo.

"Lástima que YouTube no tenga porno", dijo Any desde la sala de estar. "Podría ser divertido ver qué pasa si se emociona demasiado".

"Mm, creo que puedo arreglar eso", sugirió Nancy, tomando el controlador de su sistema de juego y abriendo una ventana del navegador de la consola.

"Hola", lo llamó. "¿Qué tipo de porno te gusta ver?"

"No veo porno", mintió, llevando su vaso lleno de vuelta a ella.

Según sus instrucciones, lo había mezclado como mitad y mitad.

"Mierda", dijo Nancy, dirigiéndose a un sitio de pornografía.

Afortunadamente para él, ella eligió uno que no había guardado en sus favoritos.

"¿Para qué estamos, señoritas?"

"Mira si puedes encontrar un video de Gang-Bang, me encanta verlos", chilló Julia sin darse cuenta de lo que había revelado sobre sí misma.

"Bizarro", dijo Nancy, haciendo clic en los menús como si entendiera muy bien cómo funcionaba el sitio porno gratuito.

"Quizás los grupos sean una mejor opción. Bob podría disfrutar viendo a algunas mujeres desnudas".

Ella hizo clic en un video al azar de un festival de jodida grupal.

"Está bien para mí", dijo Julia mientras Bob se deslizaba junto a ella otra vez.

Ella esperó hasta que él se sentó antes de anunciar:

"Creo que deberías hacer más tragos. ¿Te gustaría el tequila también?"

"No necesito ningún trago", dijo, sin interés en desfilar por segunda vez.

"¿Por favor?" preguntó ella, implorándole de la misma manera que lo había hecho Nancy.

Bob suspiró, se levantó y sintió las miradas de las tres mujeres en su cuerpo como si fueran doctoras.

Volvió con la botella y se dio cuenta de que ella también esperaba que él volviera a llenar los vasos.

Llenó tres de ellos.

"Por los hombres desnudos y sus erecciones", sugirió Nancy como un brindis.

Bob se lo echó a la garganta de todos modos, seguido inmediatamente por un pequeño trago de ron y Coca-Cola.

Había excedido su límite.

Estaba oficialmente borracho.

CAPÍTULO 21

"Bob, ¿serías un amor y refrescarías mi Coca-Cola?" Any preguntó con una gran sonrisa lujuriosa mientras sostenía su vaso mientras miraba directamente a su polla dura.

"Sí, señora", le dijo. "¿Te gustaría que pusiera en una bolsita de té también?"

"Espera, ¿qué significa eso?" Preguntó, mirando alrededor de la habitación en busca de ayuda.

"Ahí es donde un chico te mete las bolas en la boca", explicó Julia.

"No puede poner sus bolas en mi boca", dijo Any, sorprendida. "¡Tengo novio!"

"No, pero él podría ponerte una bolsita de té en el vaso, es lo que quiso decir". Dijo Julia, mostrando una sorprendente comprensión del término del argot.

"Mira de esta manera, al menos no le pondría vello púbico en tu bebida", agregó Nancy, riéndose demasiado de la discusión.

"Tu bebida", dijo Bob, volviendo con su vaso lleno. "Sin bolsas de té".

"Podrías poner una bolsita de té con mi bebida si quieres", dijo Julia, tendiéndole su margarita casi llena con su borde completamente salado.

"¡Hazlo!" Any la animó, como si hubiera estado bebiendo. "¡Yo te reto!"

"Y después lo beberé", dijo Julia, empujando su vaso a través de la mesa de café hacia él.

"Sí, y apuesto a que ella también te lamerá las bolas", sugirió Nancy.

Bob negó con la cabeza al trío de chicas que lo miraban.

"Estoy demasiado borracho para saber si está bromeando o no".

"Yo también", dijo Julia.

"Oh, solo hazlo", agregó Any y como era la única sobria del grupo, Bob aceptó eso como prueba de que debía hacerlo.

Dio la vuelta a su mesa de café, pasando a Any, que miraba directamente a su polla dura como si fuera la cosa más fascinante que había visto en su vida.

Se detuvo cuando llegó a la esquina del sofá.

"Bolsa de té", dijo, de pie con las manos en las caderas.

"Espera, necesito documentar esto", dijo Nancy, agarrando su teléfono celular.

"¡Solo lo haré si tú también lo haces!" Dijo Julia.

"Claro", estuvo de acuerdo Nancy, sosteniendo su teléfono y asintió para que continuaran.

Bob se puso rígido más aún de lo que estaba antes.

Mantuvo su cuerpo quieto mientras su polla dura y orgullosa también estaba en atención.

Observó mientras Julia levantaba su vaso, presionando el vaso frío contra sus muslos hasta que sus bolas colgantes cayeron dentro de su margarita.

"Eso está realmente frío", dijo, luchando contra un escalofrío.

"Creo que cayó algo de sal a tu alrededor", dijo Julia, riendo.

Ella hizo una demostración de tomar un sorbo de su vaso después de que su bolsa de té dejara su bebida y después puso ambas manos en sus caderas.

Ella lo jaló frente a ella y comenzó a lamer, besar y chupar el saco de las bolas mientras su dura polla palpitaba ansiosamente contra su frente.

"¿Todavía tienes frío?" preguntó ella, apartándose y mirándolo.

"No, en lo más mínimo", dijo mientras palpitaba la polla con aprecio.

"Está bien, ahora te toca a ti", le dijo a Nancy, empujando a Bob hacia ella.

Fue entonces cuando, incluso borracha, Nancy hizo algo muy inteligente.

"Está bien", dijo, pasando su teléfono a Julia y asegurándose de que las fotos incriminadas permanecieran solo en su teléfono.

"Solo asegúrate de mantenerlo en modo horizontal, ¿de acuerdo?"

"Muy inteligente", dijo, mirándola con una gran sonrisa.

"Y sexy", dijo ella, riendo.

Ella sostuvo su vaso contra sus bolas, moviéndolo hacia arriba y hacia abajo hasta que su bolsa colgante se humedeció y se enfrió con su bebida antes de tomar un sorbo rápido.

Con una mezcla de ron y Coca Cola goteando de sus partes de hombre, Nancy presionó su rostro contra su entrepierna y bañó ansiosamente sus bolas con su lengua.

"De alguna manera, no creo que Andy lo aprobara", dijo Any.

"Probablemente no", dijo Nancy. "Así que supongo que está bien si hago esto también".

Ella lamió su polla hasta que alcanzó su cabeza hinchada y la atrajo completamente dentro de su boca.

Ella movió la cabeza hacia arriba y hacia abajo por su larga y dura polla varias veces mientras sus amigas la vitoreaban.

Finalmente, ella se apartó, le sonrió y dijo:

"¿Ves? Te dije que sería divertido desnudarse".

"Excepto que te detuviste", se quejó.

"¿Me detuve o simplemente hice mi parte para calentarte?" Preguntó con una sonrisa maliciosa.

Ella tomó otro sorbo de su bebida y le guiñó un ojo.

"Ahora siéntate y mira porno con nosotras".

"¿Por qué me están torturando así?" preguntó, sentándose y luchando con lo emocionado que se sentía.

"Ah, pobre Bob", dijo Any, pero luego se echó a reír, destruyendo cualquier sentido de compasión que estaba ofreciendo. "Desnudo y duro frente a tres chicas que aprecian el espectáculo. ¿Qué debes hacer al respecto?"

"Ey ¿Julia?" Nancy preguntó, mirando más allá de Bob a su amiga al otro lado del sofá. "¿Alguna vez has visto a un chico masturbarse?"

"Nunca en la vida real", informó, mirando más su virilidad que la televisión.

Cuando la sugerencia detrás de la pregunta de Nancy se hundió en su cerebro empapado de tequila, ella miró hacia él.

"¿Podrías hacer eso?"

"Si lo excitamos lo suficiente, apuesto a que lo hará", dijo Nancy, respondiendo por él.

"¿Excitarlo cómo?" preguntó ella, acariciando ligeramente la longitud de su polla dura. "¿Te gusta esto?"

"Espera, ¿puedo ver esto?" Any preguntó.

"¿Por qué no? No estás haciendo nada", sugirió Julia.

"Supongo que no es diferente a ver porno", conjeturó Any, cruzando las piernas y girando en su silla mullida para una mejor vista del espectáculo.

Confundido, Bob trató de resolver lo que se suponía que debía hacer.

¿Se suponía que debía masturbarse?

Si es así, ¿por qué Julia lo estaba acariciando?

¿Y por qué Nancy lo miraba así?

Esa última respuesta se hizo evidente cuando Nancy puso su mano detrás de la cabeza de Bob y tiró de él hacia ella.

"Después de mañana, probablemente ya no debería hacer esto. Pero hasta entonces ..."

Tan pronto como sus labios se encontraron, sus labios se separaron, y se besaron tan profunda y apasionadamente como podrían haberlo hecho sin una audiencia viéndolos.

Bob se retorció bajo la mano de Julia, reconociendo que era una mujer diferente tocándolo y sin importarle.

Nada le importaba más que besar a Nancy y sentir su emoción creciendo con cada latido del corazón.

"Ahora lo haces", dijo Nancy, alejándose y poniendo la mano de Bob sobre su polla. "Muéstranos."

"No puedo hacer esto", dijo, incluso cuando su mano comenzó a moverse hacia arriba y hacia abajo de su miembro.

"Queremos verte hacerlo", ronroneó Nancy, pasando los dedos por su cabello corto. "Y estás muy duro".

"Me pusieron así".

"Entonces muéstrame. Muéstranos a todas".

"Esto es una locura", dijo mientras giraba la cabeza borracho, incapaz de comprender si lo que estaba haciendo estaba bien o mal.

"No, es sexy como el infierno", corrigió Any desde donde estaba sentada.

"Hazlo", entrenó Nancy, agarrando suavemente sus bolas afeitadas.

"Joder, esto está caliente", ronroneó Julia, moviéndose a su lado.

Él echó un vistazo a la bella rubia y la atrapó con una mano entre sus muslos.

"Bésame", le dijo y ella lo hizo.

Sus besos no eran tan dulces como los de Nancy, pero estaban ansiosos.

Golpeó su lengua con la de ella, disfrutando de sus pequeños gemidos, y cómo ella se retorcía con la misma necesidad que él sentía.

"Vas a hacer que me corra", advirtió.

"Hazlo", dijeron Julia y Nancy al mismo tiempo.

Ambas mujeres colgaban de sus hombros, observando cómo tiraba, tiraba y trabajaba su polla dura e hinchada para liberarla con dolor y necesidad.

Como había sucedido la primera vez que le había dado un espectáculo a Nancy, llegó con tanta fuerza que disparó semen tan alto como sus pezones.

"¡Santo cielo!" Any vitoreó cuando Julia se apartó como si estuviera en la línea de fuego.

"Sigue", Nancy persuadió, agarrando sus bolas desnudas, ordeñándolo, alentándolo a liberar todas sus frustraciones acumuladas.

Y chorro tras chorro blanco cremoso de su eyaculación roció contra él desde el pecho hasta el ombligo y más allá hasta que se agotó.

Se estremeció, sintiéndose satisfecho y avergonzado de sí mismo.

"¡Eso estuvo muy caliente!" Julia gimió, sonando como si también hubiera tenido un orgasmo.

Ella besó su mejilla y volvió su cabeza a su hombro, observando a Nancy pasar un dedo por su corrida sobre su pecho y estómago.

"Hazlo otra vez."

"Um, no", dijo Any, desconcertada. "Creo que es hora de irnos".

"Pero las cosas se están poniendo interesantes" Julia hizo un puchero.

"No, las cosas se irán de las manos si no nos vamos", insistió Any, parándose y recogiendo su bolso.

"Si te quedas, apuesto a que podemos obligarlo a que lo haga de nuevo", dijo Nancy, metiéndose el dedo cubierto de leche en la boca como si se estuviera tomando un helado.

"No, en serio, se está haciendo tarde", insistió Any, todavía mirando la polla de Bob. "Y verlo así me hace querer hacer cosas que sé que no puedo hacer".

CAPÍTULO 22

Cuando Julia preguntó si podía quedarse, intercambiaron una mirada entre Nancy y Any que Bob pensó que era importante.

Si no estuviera tan borracho y un poco aturdido por su orgasmo, estaba seguro de que habría descubierto el significado detrás de esa mirada de complicidad.

En cambio, también se extrañó cuando Nancy se puso de pie y dijo:

"Any tiene razón. Es casi medianoche".

Julia, luciendo confundida, se levantó también.

Se inclinó por su bolso y casi se cae.

"Wow", dijo ella, riendo y aceptando el abrazo de Any.

"¿Y qué hay de ti, Nancy? ¿Cómo vas a llegar a casa?"

"Voy a pasar la noche aquí", dijo Nancy, guiándolas hacia la puerta. "En la habitación de invitados".

"Uh-huh", dijo Any con una sonrisa cómplice.

"Lo juro", insistió Nancy, deteniéndose en la puerta abierta hasta que estuvo segura de que sus amigas se habían ido.

Se dio la vuelta, se apoyó en la puerta cerrada y le sonrió a Bob.

"Te acabas de convertir en el hombre más sexy que he conocido nunca".

"Gracias", dijo, de pie y mirando su ropa.

Realmente debería limpiarse antes de vestirse de nuevo.

"No te atrevas", dijo Nancy. "No tienes permitido vestirte".

Él la miró, todavía confundido y deseando no estar tan borracho.

"¿Van a volver?"

"No", dijo, finalmente soltando el pomo de la puerta. "Somos solo nosotros. Te ayudaré a limpiar si quieres".

"Está bien", dijo, todavía sintiéndose atrapado por la estupidez cuando ella comenzó a tomar vasos de chupito y llevarlos a la cocina.

Lentamente, se dio cuenta del tipo de limpieza que ella quería decir.

"¿Está bien si me ducho rápido?"

"Mientras te quedes desnudo".

"¿Por qué no lo haría?" preguntó, lo que significaba como una broma. "No me gustaría mojarme la ropa".

"Mm, no creo que debas preocuparte por eso mientras esté aquí", dijo, dándole un rápido beso en la mejilla antes de agarrar el resto de los vasos.

Bob se sintió culpable por la limpieza que Nancy estaba haciendo para él.

Su ducha duró tanto como fue necesario para enjuagar el semen de su cuerpo.

El agua que le salpicaba en la cara también lo tranquilizó un poco.

Todavía desnudo, encontró a Nancy en la cocina lavando vasos y cargando su lavavajillas.

Ella se secó las manos, se puso en sus brazos y lo besó profundamente.

"¿Por qué fue eso?" preguntó, preguntándose si necesitaba una segunda ducha para sobriarlo aún más.

"Porque eres el mejor amigo que una chica podría desear y te amo".

"Yo también te amo", dijo, negándose a obsesionarse con su elección de palabras.

Nancy también estaba borracha, ¿no?

Ella lo llevó de regreso al sofá donde su bebida todavía estaba en su mesa de café.

Se dio cuenta de que su bebida estaba casi llena.

"¿Estuviste tanto tiempo bebiendo como yo?"

"Probablemente no", dijo, tomando un pequeño sorbo de su vaso. "Se necesitan más de un par de tragos de tequila para que me tumben". Sin preguntar, ella se acurrucó cerca de él, le dio otro beso y tanteó entre sus piernas. "¿Crees que puedes ponerla dura de nuevo esta noche?"

"Probablemente", dijo, ya sintiendo los cambios necesarios sucediendo entre sus piernas.

Le gustaba cómo se sentía su pequeña mano sobre su polla.

"Bien, porque no quiero hacerlo sola", dijo ella, besándolo nuevamente y siguieron besándose hasta que estuvo completamente duro. "¿Qué tan borracho estás?"

"¿Por qué?"

"Porque eres gracioso cuando estás borracho".

Ella le entregó su bebida y asintió para que tomara un sorbo.

"Más", insistió ella.

Tomó un trago más profundo de la mezcla mitad y mitad que había hecho para ella.

Ella acarició su erección.

"¿Está bien si sigo haciendo esto?"

Él asintió con la cabeza. "

Bien, ahora toma otro trago".

"Si bebo más, me voy a desmayar", advirtió antes de seguir sus instrucciones.

Trató de devolverle el vaso.

Ella lo aceptó, pero en lugar de beberlo, lo volvió a colocar sobre la mesa.

"Sé que me pongo muy estúpido cuando me emborracho", dijo.

Se sentía como si su lengua fuera demasiado gruesa para su boca, demasiado gruesa o demasiado perezosa para pronunciar cada palabra.

"Lo sé, y por lo general no recuerdas mucho a la mañana siguiente".

"Algunas cosas", insistió, aunque era más fácil aceptar lo que ella dijo como cierto.

"Pero no todo", dijo con una sonrisa.

Ella lo besó de nuevo y eso le gustó.

Le gustaba cómo la besaba.

"Se siente divertido estar desnudo y duro a tu alrededor".

"¿Por qué?"

"Porque sé que todavía tienes novio y no soy yo".

"¿Quieres ser mi novio?"

Cuando Bob asintió, se sintió como si toda la habitación asintiera con él.

Él mantuvo la cabeza muy quieta.

Demasiado movimiento no era una buena idea en este momento.

"Eres tan bonita".

"Y estás realmente borracho", dijo ella, riéndose de él.

"Me pusiste así. Y me desnudaste también. Esa es una palabra graciosa, ¿no? Desnudo. Me gusta estar desnudo frente a ti".

"¿Te acuerdas de la primera vez que te volviste loco delante de mí?"

"Uh-huh", dijo. "La semana pasada cuando hicimos cosas que no deberíamos hacer".

"Esa no fue la primera vez", dijo, todavía frotando su polla dura.

Se inclinó y besó de nuevo.

"¿No recuerdas tu fiesta de trabajo hace dos años? La que tuve que llevarte a casa porque estabas demasiado borracho".

"Fue entonces cuando dijiste que todas con las que salgo usan gafas".

"Sí, estabas realmente borracho esa noche. ¿Qué más recuerdas?"

"Quería panqueques", dijo, seguro de que era la verdad.

"Tuve que casi llevarte a tu habitación".

"Eres realmente fuerte".

"Después de ponerte en la cama, te ayudé a desnudarte, ¿recuerdas?"

"No", dijo, seguro de que la recordaría acurrucándolo.

"Cuando te quité los pantalones, accidentalmente también te quité la ropa interior".

"Malvada", arrastraba las palabras.

"Lo juro, fue un accidente", insistió Nancy.

Bob no discutió con ella.

Discutir requería enfocarse demasiado.

"Pero te vi desnudo y realmente me gustó".

"Me gusta estar desnudo para ti", dijo.

Ella sonrió.

"Pensaste que era divertido que pudiera verte desnudo y quisiste ponerte duro para mí".

"No", dijo, incapaz de imaginar un mundo donde se desnudaría y se endurecería frente a Nancy.

"Y te pusiste duro", dijo ella, dándole un beso. "Realmente duro." Ella le dio otro beso antes de preguntar: "¿Y recuerdas lo que pasó después?"

Sacudió la cabeza.

"Bajé mi boca sobre ella".

"¿Lo hiciste?" preguntó, sorprendido y emocionado ante la idea de que Nancy le hiciera una mamada.

"Sí, te la chupé hasta el final y nunca lo recordaste".

"Eso no está bien", dijo, encontrando su erección entre las piernas y tirando de ella. "A veces te imagino haciendo eso cuando me masturbo".

"Voy a hacerlo ahora", dijo. "Pero nunca se lo puedes decir a nadie".

"¡No, Andy!"

"Uh-huh, ni a Andy ni a Julia ni a Any ni a nadie".

"Creo que le gusto a Julia".

"Creo que Julia es una puta friki que se folla a muchos hombres diferentes cuando se emborracha".

"¡Sí!" Bob estuvo de acuerdo sin ninguna base, de hecho, pero si Nancy dijo que era cierto, lo era. "Sin embargo, tú no lo eres. Nunca jodes con tus amigos".

"A veces lo hago", dijo. "Como esta noche".

Ella besó sus labios antes de que él pudiera pensar en algo que decir.

Luego, ella le estaba besando el pecho y el estómago y Bob pensó que era realmente bueno que él estuviera desnudo porque no quería que se detuviera.

Y Nancy no lo hizo.

CAPÍTULO 23

Se deslizó al suelo frente a él, entre sus rodillas abiertas y pasó un momento admirando su pene erecto y la carne suave que lo rodeaba.

Ella acunó su polla dentro de sus manos como si fuera tan preciosa para ella como lo era para él.

"Cuando estábamos jugando este último fin de semana, en lo único que podía pensar era en el momento en que te hice una mamada y estabas demasiado borracho para recordarlo. Casi te lo digo, excepto que no pude".

Reemplazó sus manos con su boca, atrayéndolo profundamente entre sus labios y lentamente volviendo a subir.

"Esto es algo que me encanta hacer".

Ella repitió el movimiento.

"Me encanta sentir una polla larga y dura dentro de mi boca".

Aún más lento, repitió el movimiento una vez más.

"Es mi tipo de porno favorito para ver cuando me masturbo y también es mi actividad sexual favorita".

Envolviendo su polla, movió la cabeza hacia arriba y hacia abajo varias veces en rápida sucesión antes de detenerse nuevamente para admirar la esencia de su virilidad.

"Eso se siente tan bien", gruñó Bob, convencido de que estaba durmiendo y soñando porque solo estar en medio de un sueño intenso podía explicar cómo se sentía.

"Siente esto", dijo antes de envolver su boca alrededor de él nuevamente.

Ella lo sostuvo dentro de su boca, colocando su lengua contra la parte inferior de su miembro y lo sostuvo dentro de su cálida y húmeda boca por un largo tiempo antes de separarse.

"Sentí cada latido que hacía tu erección. Es como si pudiera sentir tu corazón latir".

"Me pones tan duro", dijo, incapaz de encontrar palabras más elegantes para honrar sus acciones.

"Y cómo estás afeitado, puedo hacer esto", dijo, acariciando sus bolas nuevamente.

Suavemente atrajo cada bola hacia su boca y la acarició con su lengua antes de soltarla.

"Solo puedo hacerlo cuando el hombre se afeita porque todo ese vello me parece asqueroso".

"Estoy afeitado".

"Lo sé", dijo ella, sonriéndole antes de explorarlo y jugar con él.

A veces, cuando se besaban, Bob se sentía perdido en el momento.

No podía decir si sus labios habían estado presionados juntos por un segundo u horas después que terminaba.

Así también se sentía su mamada.

¿Pasó horas de rodillas o meros momentos?

No podía estar seguro.

A veces, sabía que ella lo estaba tomando el pelo, deliberadamente haciéndolo despertar tan cerca de un orgasmo que goteaba líquido preseminal.

Luego se concentraba en otro lugar hasta que él se calmaba lo suficiente como para que ella volviera a jugar.

Una y otra vez, ella lo provocaba hasta el borde de un orgasmo antes de alejarse.

"Duele", dijo, luchando por explicar lo emocionado que se sentía.

Su polla húmeda y reluciente se esforzaba por la liberación que ella le negaba.

"No puedo creer que no te la chupara delante de Any y Julia", dijo ella, parándose y quitándose los pantalones.

Atónito, la miró moviéndose libre de sus pantalones y bragas.

Él vio su coño, notando cómo lo tenía afeitado como él.

Él trató de alcanzarla, pero ella apartó sus manos.

"¿Por favor?"

"No", dijo ella, poniendo sus dedos entre los pliegues desnudos de su coño. "No puedes tocar, pero yo también quiero correrme. Quiero mirarte y tener un orgasmo, ¿está bien?"

"Está bien", dijo, deseando que ella lo chupara un poco más.

Estaba tan duro y necesitado.

¿Lo iba a dejar así?

Sintió que su polla palpitaba y vio otra gota de líquido preseminal rezumando de la rendija de su polla y sintió que corría por su longitud como una gota de agua tibia.

Nancy estaba de rodillas delante de él.

Sus ojos estaban centrados en su polla dura mientras se frotaba el coño.

Podía escuchar los sonidos húmedos de sus dedos trabajando su clítoris.

Deseó poder verla haciéndolo.

Deseó poder ayudar.

Deseó poder hacerlo por ella.

"No te corras", le dijo, extendiendo la mano izquierda, sosteniendo su erección y frotando un círculo alrededor del punto sensible marcado por su cicatriz de circuncisión.

Ella usó su líquido preseminal como lubricante, excitándolo lo suficiente como para producir más.

"Tan cerca", gimió, incapaz de imaginarse más necesitado.

Nancy jadeó, contuvo el aliento y comenzó a gemir.

"¿Te estás yendo?" preguntó.

Ella asintió con la cabeza y siguió jadeando y gimiendo a medida que su orgasmo surgía a través de su cuerpo, aferrándose a sus profundidades y temblando profundamente dentro de ella.

Mientras su cuerpo aún celebraba su liberación de placeres carnales, se inclinó hacia adelante, tomó su polla dentro de su boca y la chupó.

Ella levantó y bajó la cabeza con movimientos determinados mientras su lengua azotaba la parte inferior de su polla, complaciéndolo y jugando con él para finalmente ofrecerle también su liberación.

De una manera, en otro mundo, se sentía como si lo estuviera besando, solo que estaba besando la polla, y era demasiado para que él se resistiera.

Él se vino, explotando profundamente dentro de su boca con una larga serie de chorros doloridos que podrían haber llegado más allá de su pecho si ella no hubiera estado allí para atraparlo dentro de su boca.

"¡Si!" gritó, levantando la espalda del sofá y balanceándose con la emoción de su orgasmo.

Se balanceó de un lado a otro cuando su estómago se contrajo, decidido a liberar el mayor orgasmo que había experimentado nunca en la boca de su mejor amiga.

Por fin, ella se apartó, dejando atrás su polla húmeda pero muy limpia.

No quedaba rastro de su orgasmo.

Sonriendo, se sentó a horcajadas sobre su regazo y él sintió el calor de su coño cerca de su polla.

El tonto borracho dentro de él esperaba que ahora también fueran a follar.

En cambio, presionó su boca contra la de él y lo recompensó con un beso más.

Bob quería decirle algo romántico.

Quería decir algo más que "Te amo", porque esas palabras no incluían una mención de su amistad.

"Dios, realmente me gustas", dijo.

"Y realmente, en realidad me gustas borracho", dijo ella, rozando sus labios contra los suyos más de la forma en que los amigos podrían besarse en los labios.

Ella saltó de su regazo y le tendió las manos, ayudándole a levantarse del sofá.

"Ahora vete a la cama y recuerda quedarte desnudo para mí por la mañana".

"Lo prometo", dijo, sosteniendo su polla y preguntándose por qué se sentía tan bien.

Cubriendo su desnudez, bailó de puntillas hasta su habitación, cerró la puerta y se metió en la cama.

La cama se sintió bien.

Él dormía, sin adivinar que, en la habitación contigua a la suya, su mejor amiga se estaba dando dos orgasmos más antes de que ella también se sintiera lo suficientemente relajada como para dormir.

CAPÍTULO 24

Un rayo de sol errante en su rostro le recordó a Bob que los vampiros tenían razón todo el tiempo, la luz del sol mata.

Retrocedió por el brillo y gimió.

Su lengua se sentía pastosa mientras se preguntaba quién había traído un gato a su habitación con el propósito de cagarse en la boca.

Se tambaleó fuera de la cama, vagamente consciente de su desnudez cuando se paró frente a su baño.

El uso de la pared frente a él como apoyo trajo a su memoria piezas de lo sucedido la noche anterior.

Recordó el descanso del baño que había tomado antes de desnudarse.

Se lavó los dientes antes de darse una ducha, tratando de ahuyentar el persistente olor a comida china seguido de ron, Coca-Cola y tequila.

Intentó armar los eventos de la noche anterior.

Estaba más o menos claro hasta que fue al baño y, a partir de ahí, las cosas se nublaban.

Recordó haber visto porno con las tres chicas.

No, eso no estaba bien.

Habían visto videos de YouTube juntos, realmente picantes.

Escondido en lo profundo de esa niebla estaba el recuerdo de desnudarse frente a ellas.

Mierda.

Se duchó y todavía se estaba afeitando cuando Nancy apareció en la puerta de su habitación principal con una taza de café.

"¿Cómo te sientes, tigre?"

"Resaca", gruñó.

Se limpió la crema de afeitar del labio superior para poder tragarse el ánimo que le traía el líquido negro dentro de la taza de café.

Una docena de intentos más tarde, terminó de afeitarse.

Nancy estaba apoyada contra la puerta mirando todo el tiempo.

"Me gusta ver a un chico afeitándose".

"Lo sé", dijo, pasando una mano por sus partes desnudas.

Si bien se sentía algo incómodo al estar desnudo frente a ella, no le importaba.

¿Qué tenía él que ella no hubiera visto?

La atrapó mirando su frente.

"¿Me desnudé frente a tus amigas?"

"Tal vez un poco desnudo", confirmó, saliendo de la puerta.

"¿Qué tan desnudo es un poco desnudo?" preguntó, siguiéndola a la sala de estar y la cocina.

"Lo suficientemente desnudo para que pudiéramos jugar a lanzar brazaletes alrededor de tu polla".

"Oh, Dios, por favor, di que estás bromeando", dijo, sacudiéndose desesperadamente el cerebro por cualquier recuerdo que pudiera tener de sus amigas arrojándole pulseras a su polla dura.

Se quedó en blanco, pero sabía que eso no significaba nada.

"Relájate", dijo, volviendo a llenar su taza de café y la de él. "Fue divertido."

"¿Vimos porno?"

"Vimos videos de YouTube", dijo, que coincidía con su memoria.

"¿Qué pasa con el porno?"

"Podría haber habido pornografía mientras Julia te la chupaba".

Bob estuvo a punto de escupir al atragantarse.

"De ninguna manera dejarías que Julia me la chupara".

"¿Por qué?"

"Porque sé cómo te sientes acerca de ella. ¿Cómo lo dijiste hace un par de semanas? 'Es una puta friki que se folla cualquier cosa con una polla después de tres tragos'. Creo que así más o menos como lo dijiste. Por lo menos esa es la esencia de lo que piensas ".

"Sí, está bien. Pero disfrutó verte desnudo".

"¿Y duro?"

"Realmente duro."

"¿Y Any también?" preguntó, aunque no podía imaginar estar desnudo para dos y no para tres.

"Sí, Any fue quien también te la chupó".

"Basta", gimió. "Ella tiene novio, así que sé que no haría eso".

"Oh, ¿entonces estás diciendo que lo hice yo?" Nancy preguntó con las cejas levantadas.

"En mis sueños lo hiciste", respondió Bob, sintiendo una extraña sensación de deja vu mientras decía esas palabras.

¿Había sucedido eso?

¿Había soñado con que Nancy se la hubiera chupado anoche?

Él miró hacia otro lado.

Pensando en ella de una manera sexual, se sentía más vergonzoso estar desnudo frente a ella.

Sonriendo, ella pasó sus ojos sobre él y se detuvo cuando llegó a su cintura.

"Parece que te gusta esa idea", ronroneó.

Bob miró hacia abajo, vio que su polla se volvía más gruesa y larga, y se puso detrás de su barra de desayuno.

"Estar desnudo a tu alrededor se siente raro".

"Es más divertido cuando estás duro", dijo, luciendo decepcionada de que él se hubiera movido detrás del mostrador.

Tomó un sorbo de café, trató de ver a través de la niebla de la noche anterior y todavía se quedó en blanco.

"¿Puedes decirme algo de lo que pasó?"

"Bueno, podría tener una foto o dos", dijo, levantando su teléfono. "Pero no sé si te va a gustar verlas".

"¿Ahora qué?" él suspiró.

"Que lo volverás a hacer la próxima vez que nos reunamos".

"¿Hacer qué otra vez?"

"Bueno, poner la bolsa de té en nuestras bebidas fue divertido".

"NO hice eso", gimió, seguro de que recordaría algo tan escandaloso.

Nancy pasó el dedo por encima de su teléfono.

Él volvió a gemir:

"¿Por qué me dejaste hacer eso?"

"Puede que me haya gustado", dijo, pasando al siguiente video que mostraba su saco de bolas desnudo en su bebida también.

Ella lo detuvo antes de que mostrara que lo estaba chupando.

"Se suponía que debíamos emborracharte".

"Lo sé", sonrió, apagando su teléfono. "Y confía en mí, me divertí mucho mostrándote".

Su sonrisa se desvaneció cuando él hizo la incómoda pregunta:

"¿Y qué pasa con Andy?"

Tomó un sorbo de café antes de revelar:

"Andy es la razón por la que no me acosté contigo anoche".

"De todas formas, aunque hubiera pasado, probablemente tampoco no lo habría recordado".

Nancy sonrió y lo besó en los labios.

"Anoche me prometiste que iríamos a desayunar por la mañana".

"No tengo memoria clara de haber dicho eso", dijo, dirigiéndose a su habitación para vestirse.

Tal vez sí, tal vez no, pero no importaba.

CAPÍTULO 25

Pidieron un día de permiso en el trabajo, y pasaron el resto de la mañana y la mayor parte de la tarde juntos visitando el parque y yendo de compras al centro.

Nancy se burló de él por las cosas que habían sucedido la noche anterior y Bob se quedó en blanco preguntándose si estaba diciendo la verdad.

En un momento amenazó con llamar a Julia.

En cambio, Nancy le mostró un mensaje de texto que Julia había enviado antes que decía:

"¿Cuándo puedo ver a Bob desnudo de nuevo?"

"Creo que es bueno que no seamos novios", dijo Bob. "Las novias tienden a ponerse celosas cuando sus novios están desnudos con otras mujeres".

"Yo no lo estaría", dijo Nancy, riendo. "Creo que voy a comenzar a exigir a todos mis novios que estén desnudos todo el tiempo. Me gusta demasiado. Y tendrán que desnudarse frente a mis amigas. Ah, y afeitarse en todas las partes también".

"¡Wooh! ¡Yo tengo todo eso!" Bob aplaudió.

* * *

En el camino de regreso a su casa, ella pasó un tiempo enviando mensajes de texto a alguien.

Parecía seria la cosa, así que Bob no la molestó hasta que estacionó su auto.

"¿Todo bien?" preguntó.

"Mira, me tengo que ir. Es Andy. Llegó a casa un día antes".

"Esa es una buena noticia, ¿no?" Bob dijo, preguntándose por qué se veía consternada.

"Sí, es solo que ..." ella comenzó, apagándose y mirando hacia otro lado.

"Oye, él es tu novio. Ve, maquíllate para él y dale la oportunidad de besarte. Quizás llore también en la vida real".

"No quiero que las cosas cambien entre nosotros".

"¿Por qué lo harían?" Bob preguntó, confundido por su comentario. "Todavía somos los mejores amigos, ¿no?"

"Prométeme que eso no cambiará".

Fue una promesa fácil para él.

Luego, agregó, "está bien si te quedas con él".

"Anoche me dijiste que estaba jugando conmigo".

"Lo sé y sigo pensando que deberías estar preocupada por eso. Pero llegó antes a casa y eso tiene que significar algo, ¿no?"

"Supongo."

"Y él sigue siendo Andy, ¿verdad?"

Cuando vio que ella no estaba muy convencida, enumeró las razones por las que le gustaba.

"Es guapo, motivado y tiene dinero. Eso sigue siendo cierto, ¿verdad?"

"Probablemente."

"Ve a verlo. Dale la oportunidad de llorar por ti en la vida real".

"No va a llorar en la vida real".

"Diez dólares a que sí", insistió Bob.

"No va a suceder", dijo, haciendo una pausa por un momento más y mirando a Bob. "Realmente eres mi mejor amigo, lo sabes, ¿verdad?"

"Sal de aquí," se encogió de hombros, sonriéndole. "Ve a echar un polvo. Te lo mereces".

Bob salió, dio la vuelta al auto y abrió la puerta.

"¿Estamos bien?" preguntó ella, aun luciendo pensativa.

"Estamos perfectamente", dijo, mostrando una gran sonrisa.

Caminaron hacia el auto de ella y él esperó hasta que puso su auto en marcha antes de entrar en su casa.

Era un hábito que su madre le había enseñado: siempre asegúrate de que el auto de la chica arranca antes de dejarla.

No lo pensó dos veces antes de hacerlo.

Mientras ella se alejaba, él silenciosamente le deseó suerte.

CAPÍTULO 26

De vuelta a su pequeña casa, vació su lavavajillas y limpió un poco de la noche anterior antes de sumergirse nuevamente en su videojuego.

Seguir la historia se sintió más difícil mientras su mente daba vueltas.

No tenía dudas de que Nancy y Andy arreglarían las cosas, para gran consternación de Chris.

Le sería de lección a Chris por tratar de meterse en el medio de las cosas.

Pensó en Julia y se preguntó si ella era realmente una prostituta friki tan grande como siempre había dicho Nancy.

¿Sería extraño si comenzara a salir con una de los amigas de Nancy?

Perdió la noción del tiempo, apenas notando que había caído la noche hasta que se vio inundado por el brillo azulado de su televisor.

Encendió una lámpara, comió las sobras que quedaron de ayer y volvió a su juego.

Se preguntó cómo cambiarían las cosas con Nancy después de que ella arreglara las cosas con Andy.

Era poco probable que se besaran más, pero ¿qué hay de desnudarse delante de ella y sus amigas?

El pensamiento perdido generó una agitación dentro de sus pantalones que intentó ignorar.

Intentó reconstruir la noche anterior.

¿Cuánto tiempo lo habían mantenido desnudo?

¿Toda la noche?

Recordaba haberse despertado desnudo en una cama vacía.

Bajando su controlador, acarició su larga y dura erección e imaginó que lo estaban mirando.

¿Lo habían animado?

¿Lo habían besado?

No podía recordarlo.

¿Y qué hay del video corto de Julia y luego Nancy lamiendo sus bolas?

¿Qué tan loco fue eso?

Bob se quitó la ropa y la llevó a su habitación.

Cambió su televisor de videojuegos a su navegador de internet.

El navegador se abrió a un sitio porno que no reconoció y se preguntó por qué.

¿Habían hecho más que ver videos de YouTube anoche?

Él sonrió, deseando poder recordar más cuando comenzó a trabajar en las categorías de este nuevo sitio.

Acababa de comenzar un video cuando su teléfono sonó con el sonido de haber recibido un mensaje de texto.

CAPÍTULO 27

Echó un vistazo a la hora y vio que eran poco más de las once.

Eso era extraño.

Por lo general, no recibía mensajes de texto o llamadas telefónicas tan tarde.

Tomó su teléfono y vio un mensaje de dos palabras de Nancy:

"¿Estás levantado?"

"Sí", respondió, sonriendo por el doble sentido que de su pregunta y respuesta se deducía.

"¿Puedo ir?"

"Claro", le respondió. "¿Todo bien?"

"Te veo pronto."

Bob lamentó haber preguntado si todo estaba bien.

Por supuesto que no.

Si todo estuviera bien, Nancy no le enviaría mensajes de texto tan tarde.

Si las cosas iban bien, debería estar disfrutando del sexo con su novio y no enviando mensajes de texto a un amigo.

Se puso un par de pantalones cortos y una camiseta, preparó una taza de café y sacó también la botella grande del ron de la otra noche para que ella pudiera elegir lo que mejor prefería.

Acababa a sentarse nuevamente frente a su televisor cuando alguien tocó suavemente la puerta de su casa.

Tan pronto como él abrió la puerta, ella lo abrazó.

"¿Estas bien?" preguntó, sosteniéndola cerca de su pecho.

"Estoy mejor ahora", dijo, soltándolo y entrando en su casa.

Ella espió el fondo de la botella de ron sobre la mesa, giró la tapa con un simple movimiento de su pulgar y tiró un trago directamente de la botella.

"Tenía sed", dijo.

Sacó el resto de la Coca-Cola de la noche anterior y arrojó un par de cubitos de hielo en un vaso para ella.

"¿Todo bien?"

"Tenemos que hablar", dijo, llenando el vaso hasta la mitad con ron.

Tomó un pequeño sorbo, se estremeció por la picazón y dejó el vaso sobre su mesa.

Tomándolo de la mano, ella lo llevó a su sofá.

Bob examinó su rostro en busca de pistas.

Por lo que él podía ver, ella no había estado llorando, así que eso era bueno, ¿no?

"¿Cómo está Andy?"

"Te debo diez dólares", dijo con una pequeña sonrisa. "No lo hizo de inmediato, pero lloró".

"¿Quieres hablar acerca de ello?"

Nancy asintió, pero ella también parecía en conflicto.

Ella comenzó a decir algo, sacudió su primera elección de palabras e hizo un segundo intento.

"¿Por qué me dejaste ir esta tarde?"

"Porque necesitabas ver a tu novio", respondió, confundido por la pregunta.

"¿Pero querías que me fuera?"

"En realidad no", dijo. "Quiero decir, sé que lo necesitabas, pero me gusta estar contigo".

Por primera vez, Bob se dio cuenta de que Nancy se había cambiado de ropa antes de ir a ver a Andy.

Llevaba vaqueros y una camiseta cuando se fue esa tarde.

Ahora, vestía un bonito vestido de verano y llevaba un poco de maquillaje.

También se había recogido el pelo y parecía, bueno, alegre.

Podía imaginar lo radiante que debía haber estado al reunirse con Andy.

"¿Quieres decirme qué pasó?"

Comenzó con los mensajes de texto que había recibido esa tarde.

"Tomó un vuelo anterior de regreso a casa y apareció en la oficina buscándome, excepto que yo no estaba allí. Luego pasó por mi casa y yo tampoco estaba allí".

"Vaya", dijo Bob.

"Le dije que había salido a beber con las chicas y habíamos acabado en tu casa".

"¿Qué dijo de eso?"

"Realmente no importa", Nancy se encogió de hombros. "Quería reunirse en mi casa conmigo, pero lo hice esperar. Le dije que teníamos que hablar, así que salimos a cenar".

"¿Cómo fue eso?"

Nancy puso los ojos en blanco y suspiró.

"Hablamos mucho. Él se disculpó por las cosas que habían pasado y también fue honesto. No creo que hice bien en decirle que Chris me había mostrado esa foto, porque entonces quería saber cuánto tiempo sabía que estaba siendo 'travieso'. "

"Como si eso importara".

"Lo sé, ¿verdad? Quiero decir, él fue el que me engañó, no yo. Entonces, ¿qué diferencia hacía cuándo y cómo me enteré?"

"Todavía creo que es bueno que le hayas dicho", dijo Bob.

"Tal vez, no sé", dijo Nancy, retorciéndose las manos en el regazo.

Se quedó callada por un momento antes de continuar, como si estuviera reuniendo el coraje para contar la siguiente parte.

"Me dijo que me ama".

"También dijo eso por teléfono", señaló Bob.

"Lo sé."

"¿Lo amas?"

"Pensaba que lo podría seguir amándole después de lo que hizo. Quiero decir, nos dijimos 'Te amo' el uno al otro, pero solo porque lo digas, ¿eso significa algo? Son solo palabras, ¿verdad?"

"No para mí."

"Lo sé", dijo ella, mirándose las manos por un momento. "No le conté lo que hicimos juntos, ¿estuvo mal?"

"No lo sé", dijo Bob encogiéndose de hombros. "¿Hicimos algo realmente malo? También sucedieron cosas con Any y Julia, así que, ¿qué tan mal estuvo?"

"Realmente no lo recuerdas, ¿verdad?" Nancy preguntó con una pequeña sonrisa.

"Creo que te aseguraste de que no recordaría nada de lo de anoche", dijo, acusándola.

Pareciendo muy culpable, asintió antes de confesar:

"¿Pero sabes algo? Me alegra que haya sucedido".

"¿Estás contenta de lo que pasó?" Bob preguntó, molesto con su memoria tapada después de los tragos de tequila.

"No tienes idea de lo caliente que eres para mí".

"Basta", dijo, rodando los ojos.

Fue agradable escuchar eso, pero no lo creía, especialmente viniendo de Nancy.

Tenía fama de salir con hombres hermosos que podían trabajar como modelos y también merecía ese calibre de hombre.

"Tengo una nariz grande".

No era la primera vez que lo llamaba excitante, pero él todavía no le creía.

"Tienes una gran nariz", dijo, hurgándola. "Se adapta a tu rostro y te hace ver interesante".

"Interesante no es guapo".

"Es mejor que la cara aburrida y bonita de Andy".

"Termina de hablarme de él", dijo Bob, temeroso de que se alejaran demasiado del tema.

"¿Sabes lo que me gustó de Andy?" ella preguntó. "A veces, él podría hacerme reír como tú".

"Eso es bueno."

"Excepto que solo era a veces".

"Está bien, así que ahora tengo un aspecto interesante y divertido", bromeó.

Nancy ignoró su humor autodespreciativo.

"¿Sabes qué más me gustó de él? A veces, me abría una puerta o sacaba una silla de un restaurante".

"Eso también es bueno", dijo Bob.

"Excepto que tú haces eso todo el tiempo. ¿Recuerdas esta tarde antes de que me fuera? ¿Qué hiciste?" ella preguntó.

Él se encogió de hombros, sin saber a qué se refería.

"Te quedaste en el camino de entrada hasta que me fui".

"¿Entonces?" preguntó.

"Pero siempre haces eso. Siempre".

"Uh-huh", permitió, seguro de que probablemente se le había olvidado hacerlo algunas veces.

Nadie era perfecto.

"¡Y la forma en que besas! Maldita sea, Bob, nadie me ha besado como tú lo haces".

"Puedo decir lo mismo de ti", dijo, rechazando el crédito completo. "Pero, ¿qué tiene eso que ver con Andy?"

"Porque tú eres la razón por la que rompí con él".

"¿Yo?" preguntó, más confundido que nunca. "¿Pero por qué?"

"Porque te amo", espetó ella.

"Y yo te amo", dijo automáticamente.

Fue una respuesta fácil y automática.

"No, quiero decir, realmente te amo".

"Y yo realmente te amo", respondió, sin darse cuenta de la diferencia.

"Maldición", dijo ella, luciendo exasperada.

Nancy se inclinó y lo besó.

Fue un beso profundo e intenso que no esperaba.

Él le devolvió el beso, feliz de sentir sus labios contra los suyos nuevamente.

Con Andy de vuelta en la ciudad, ya no pensaba que harían esto.

Excepto, si ella había roto con Andy, ¿tal vez estaba bien otra vez?

Nancy deslizó su mano entre sus piernas y comenzó a acariciarlo.

Bob se apartó, rompiendo su beso y la miró fijamente.

"¿Estás segura de que deberíamos hacer esto?" preguntó.

"Sí", dijo, deslizando su mano dentro de la cintura de sus pantalones cortos hasta que tocó su virilidad suave y afeitada.

Se inclinó hacia delante para otro beso.

Durante un largo momento, Bob se sintió perdido en la alegría de sus labios contra los suyos y la emoción de su caricia antes de que él se alejara de nuevo.

"Pero estás soltera ahora".

"Lo sé", dijo ella, poniéndose de pie y tanteando junto al vestido de verano.

Encontró la cremallera oculta debajo de su brazo.

Cuando bajó la cremallera, su vestido cayó hasta los tobillos y reveló sus senos perfectos.

Bob se quedó boquiabierto ante su desnudez, atónito por lo perfecta que se veía.

Bob luchó tratando de mirar su rostro en lugar de mirar sus pechos desnudos.

Tan superficial como le parecía admitirlo, no podía recordar un momento en que no hubiera admirado su pecho.

Había estudiado las tetas de Nancy, notando cuando sus pezones estaban duros, su tamaño y forma.

Él había admirado su forma cuando estaba cubierta por suéteres, chalecos o se balanceaba suavemente dentro de una camiseta ajustada.

Pero ninguna de sus conjeturas podría prepararlo para verla en topless, vistiendo solo con bragas.

Él dejó de intentar ser tímido al mirar su pecho.

"Son hermosas", dijo con un sentido de reverencia.

Nancy se rió, se sentó a horcajadas sobre sus piernas y acercó sus manos a su pecho.

"Está bien si las tocas".

Bob inmediatamente capturó sus pezones entre los dedos y los pulgares, balanceando y girando suavemente sus gemelos y rígidos puntos de placer.

Ella jadeó y sonrió.

"Debería haber sabido que serías bueno tocándolos".

Se inclinó para otro beso y Bob continuó explorando sus senos, notando qué tipo de toques la hacían gemir o besarlo más profundamente.

En el pequeño espacio entre ellos, ella tanteó entre sus piernas, frotando su dolor con fuerza.

Nancy rompió su beso, se levantó y le sonrió.

"Quítate la camisa", dijo, mientras enganchaba sus pulgares dentro de la cintura de sus bragas.

Se quitó la camisa lo más rápido que pudo, no dispuesto a perderse un momento del que ella se quitara las bragas.

Con una sonrisa maliciosa, se reveló de pies a cabeza, tan desnuda y bien afeitada como él.

Inclinándose, ella trató de quitarle sus pantalones cortos, pero él la detuvo.

"No creo que ambos debamos estar desnudos", dijo.

Sus pantalones cortos ajustados para la piel eran su única protección contra ir demasiado lejos.

"Pero te quiero", dijo ella, intentando nuevamente tirar de sus pantalones cortos.

"Y yo te quiero", admitió, incapaz de evitar pasar su mano por su cuerpo.

Su caricia resultó en otro beso mientras ella permanecía de pie y se inclinaba sobre él.

Una vez más, sus manos encontraron sus tetas y ella no necesitó tocarla entre sus piernas para saber cuánto la quería.

Su lujuria se mostró en su beso y cómo sus manos acariciaron su cuerpo desnudo.

Si ella lo permitía, él la complacería de todas las formas posibles, excepto que sabía que no podían hacer el amor.

"Te quiero", repitió, una vez más a horcajadas sobre sus piernas.

Eso hizo que el resto de su cuerpo fuera demasiado accesible para que él se resistiera.

Se atrevió a tocarla entre sus piernas, ahuecando su sexo y sintiendo su calor.

Su coño se sentía húmedo y tan necesitado como su erección.

Se perdieron más palabras por más besos mientras la acariciaba.

Se sintió honrado de sentir su entusiasmo y compartirlo con ella, pero eso no fue suficiente para cambiar de opinión.

"Quiero esto", jadeó, retorciéndose contra él.

"No podemos", dijo, encontrando tan difícil mantenerse fuerte contra el llamado de sirena de su desnudez y su ansiosa disposición.

Ella le dirigió una mirada triste y decepcionada.

"¿Pero por qué?"

"Nunca he querido a alguien tanto como a ti. Eso ha sido cierto desde el día en que nos conocimos", dijo mientras sus ojos buscaban su comprensión. "Puedo vivir sin tenerte nunca, pero no puedo perderte. Si hacemos esto, nunca podré dejarte ir".

"¿Lo prometes?"

"Hablo en serio", insistió.

"Bien, entonces estaré desnuda durante un tiempo", dijo ella, bajando de su regazo.

Se acercó a la mesa, llenó el resto de su vaso con Coca-Cola y lo llevó de vuelta al sofá como si nada estuviera mal.

Ella curvó sus piernas bajo ella y tomó un sorbo de su bebida mientras lo miraba viendo su desnudez.

"Sabes, a veces me ponía una camiseta muy ajustada a tu alrededor porque pensaba que era divertido cómo te esforzabas tanto por no mirarme las tetas".

"Mocosa", dijo con media sonrisa.

Eso encaja con Nancy.

Ella haría algo así.

"Apuesto a que también has estudiado mi trasero, ¿no?"

Bob sintió que se le sonrojaba la cara cuando asintió y dijo:

"Tienes un trasero épico".

"Es un culo plano y estrecho", dijo con un suspiro. "Pero gracias por notarlo. No tienes idea de lo difícil que es para mí encontrar jeans que me queden".

"Sí, lo sé", dijo. "He ido de compras contigo, ¿recuerdas?"

Nancy se rió.

"Cierto, y siempre me diste una respuesta honesta. La mayoría de los chicos nunca se arriesgarían a hacer eso con una mujer".

"Excepto que somos amigos y no quiero perder eso. No puedo. Significas demasiado para mí".

"También tienes un gran culo", dijo. "Especialmente después de que empezaste a correr. Quiero decir, era bueno antes, ¿pero ahora? ¿Tienes alguna idea de cuánto me gusta verte usando pantalones cortos para correr?"

"No", dijo.

"Y, sin embargo, nunca hemos salido. ¿Por qué es eso?"

"Bueno, para empezar, siempre has tenido novio".

"No sé."

Tomó un sorbo de su bebida antes de dejarla a un lado.

"Te amo", dijo con un brillo en los ojos.

"Yo también te amo", respondió, devolviendo una simple declaración de hechos.

Por alguna razón, eso no fue lo suficientemente bueno para ella.

Ella sacudió la cabeza y lo miró.

"No digo que me guste que me gustes. Digo que me encanta quererte. Lamento que Andy y el resto de esos tipos hayan tenido que entenderlo, pero me encanta amarte y no quiero detenerme, nunca. Ni siquiera cuando tengamos cien años y mis tetas están caídas hasta la cintura ".

Nancy se levantó y tiró de sus pantalones cortos.

Esta vez, dejó que sucediera, sus ojos se encontraron cuando ella se sentó a horcajadas sobre él.

Ella se inclinó hacia adelante, besándolo mientras agarraba su ansioso y palpitante miembro.

Ella se levantó, pero antes de que pudiera bajar alrededor de su miembro hinchado y dolorido, Bob la agarró por las caderas y la sostuvo en su lugar.

Antes de que sucediera, tenía una última pregunta que necesitaba responder:

"¿Podemos seguir siendo amigos si hacemos esto?"

"Será mejor que lo sigamos siendo", dijo Nancy, guiándolo dentro de ella hasta que sus cuerpos estuvieron tan unidos como siempre lo habían estado sus corazones.

CAPÍTULO 28

Se abrazaron, sosteniendo sus cuerpos juntos y besándose mientras ella se mecía con él dentro de ella, llenándola por completo.

Y Bob se sintió lleno también.

Sintió como si hubiera pasado toda la vida esperando el momento en que ella se entregaría a él.

Presionó hacia arriba, necesitando estar completamente dentro de ella, lo más profundo que pudiera, y deleitándose con la sensación de su coño caliente y húmedo a su alrededor, cogiendo suavemente y agarrando su polla dura.

Él movió sus manos hacia su culo perfecto, ahuecando sus nalgas y ayudándola a moverse hacia arriba y hacia abajo.

Sintió cada parte de su cuerpo a la vez.

Podía sentir sus rígidos pezones presionando contra su pecho.

Su lengua bailaba con la de él mientras se besaban con el doble de pasión emocionada que la que tuvieron en su primer beso tentativo.

Él sintió su necesidad y deseo por él que coincidía con lo mismo que él sentía por ella.

Una y otra vez, Nancy se levantó y cayó sobre él, apretándose contra su polla mientras ella gemía profundamente en su boca.

Tenía una forma de retorcerse mientras se movía que se sentía increíble.

Sintió que su coño temblaba, apretándose a su alrededor y tirando muy ligeramente mientras ella se levantaba solo para empalarlo nuevamente.

Bob había follado a otras mujeres.

Las había sentido abrirse a él, aceptarlo y atraerlo más profundamente dentro de ellas con una necesidad que coincidía con su fuego.

Pero con Nancy, sentía como si ella tampoco quisiera dejarlo ir.

Envolvió sus brazos alrededor de ella y presionó hacia adelante para aumentar la sensación de su cuerpo contra el suyo.

Nancy rompió su beso, echó la cabeza hacia atrás y lanzó un fuerte gemido cuando su cuerpo comenzó a temblar.

Jadeó con una respiración completa.

Luego ella cubrió su boca de nuevo precisamente cuando Bob sintió su explosión comenzando entre sus piernas.

Presionó hacia arriba, más profundo que nunca, y llegó con un estremecimiento y un latido que nunca antes había conocido.

Con cada lanzamiento brusco de su orgasmo, sintió que su coño se apretaba a su alrededor, aferrándose a él cuando ella también se vino.

Se unieron en los brazos del otro hasta que quedaron reducidos a un dúo jadeante y risueño.

CAPÍTULO 29

"Maldición, lo haces muy bien", ronroneó ella, bañando su rostro con besos.

"¿Yo? Nunca esto se sintió tan bien. ¿Qué demonios tienes ahí abajo?"

"Magia", dijo ella, riendo, besándolo de nuevo.

Se abrazaron durante mucho tiempo antes de que ninguno quisiera moverse.

"Puede que hayamos arruinado tu sofá"

"O lo rompimos", dijo cuando ella se bajó de su regazo y le tendió la mano.

Después de llevarlo al dormitorio, ella comenzó a bañarle besos, comenzando en sus labios y lentamente bajando por su pecho.

Cuando llegó a su estómago, se detuvo y le dijo:

"Tengo una confesión que hacer. Esta no será la primera vez que te he caído encima".

Bob se echó a reír.

"Confía en mí, en mis fantasías lo has hecho muchas veces".

"Y también lo he hecho en la vida real", dijo ella, preocupada. "Dos veces. Una vez después de tu fiesta de trabajo y otra vez anoche".

Bob la miró durante un largo momento tratando de decidir cómo se sentía con respecto a su bomba.

"¿Hicimos algo más?"

Ella sacudió su cabeza.

"¿Querías?"

Nancy asintió y tiró de ella hacia atrás de su cuerpo.

"Gracias", dijo antes de besarla.

"¿No estás enojado?"

"Um, ¿me la chupaste dos veces y se supone que debo enojarme? ¿Qué tan bien me conoces?"

"Prometo que esta vez será memorable", dijo ella, deslizándose por su cuerpo y haciendo precisamente eso.

* * *

Siguieron haciendo el amor juntos hasta que el sol se asomó por las ventanas y encontró a dos amantes enredados en los brazos del otro.

Riendo y sonriendo, hicieron panqueques juntos desnudos.

Después del desayuno, Nancy llevó platos vacíos al fregadero y lo ahuyentó cuando trató de ayudar.

Bob se apoyó contra el mostrador opuesto y la observó moverse, estudiándola cada curva hasta que no pudo soportarlo más.

Él presionó contra su trasero desnudo, acarició su frente y acarició su cuello.

Recordó su predicción sobre lo que sucedería si alguna vez llegaran hasta el final.

"¿Todavía te sientes culpable por follarte a tu mejor amigo?"

"Todavía no", dijo ella, retorciéndose contra él. "Podríamos tener que hacerlo un par de veces más para eso".

"Le leíste el pensamiento", dijo mientras acurrucaba su creciente erección entre sus nalgas.

CAPÍTULO 30

El ambiente dentro del bar se sentía más festivo de lo habitual para el cuarteto de caras sonrientes que compartían una mesa cerca del bar.

Bob tomó su única cerveza mientras Julia y Any insistían en que siempre lo habían visto venir.

"Nunca te diste cuenta de cómo te miraba Nancy", señaló Any.

"Oh, tenías que escucharla hablar de ti todo el tiempo", agregó Julia.

Después de su separación de Nancy, Andy había solicitado un traslado de regreso a Houston.

Mientras tanto, Chris seguía sentado en el bar como un depredador, intentando conversar con cualquier mujer que no estuviera escoltada.

"Parte de mí siente que debería agradecerle algo", le dijo Bob a Nancy con un gesto hacia Chris. "Pero luego recuerdo cuán idiota fue conmigo".

Compartió la historia sobre cómo Chris había tratado de intimidarlo, diciendo que no tenía ninguna posibilidad con Nancy o Julia.

"¿Cuando sucedió eso?" Nancy preguntó.

"La noche que Julia me afeitó".

"Joder, eso fue muy caliente", dijo Nancy, colocando un beso en los labios de Bob. "Me mojé tanto viendo eso".

"¿Tú? ¡Quemé las baterías de mi vibrador después de que ustedes se fueron!" Dijo Julia.

"Y bueno, para que lo sepas, ha sido muy bueno para seguir manteniéndose afeitado", informó Nancy.

"Traté de convencer a mi novio para que lo hiciera, pero él no lo hará", hizo una mueca Any.

"Bueno, cada vez que necesites un show, házmelo saber", ofreció Nancy, apretando el muslo de Bob.

"Wow, ¿no puedo votar en eso?" preguntó, sorprendido.

"En realidad no", dijo. "De hecho, dame las llaves de tu auto".

"¿Por qué?" preguntó, sacándolas de su bolsillo.

"Porque me convertí en la conductora designada esta noche", dijo Nancy, señalando al camarero y ordenando una ronda de tragos.

Cuando llegaron los tragos, Bob empujó el suyo frente a Nancy y retomó las llaves de su auto.

"No necesito estar borracho por lo que has planeado".

"Qué caliente", dijo ella, dándole un beso. "Me acabas de mojar como el infierno".

Y por las ansiosas sonrisas en los rostros de Julia y Any, Bob podía adivinar que no estaba sola en cómo se sentía.

FIN

137

COMPAÑERAS DE CUARTO
(DOMINACIÓN ERÓTICA)
POR
ERIKA SANDERS

CAPÍTULO 1

"¿Puedes apagar eso, por favor?", Dijo Vicky. "Estoy tratando de estudiar aquí".

Por aproximadamente la vigésima vez hoy, la muchacha, alumna de primer año, se preguntó qué tipo de algoritmo de coincidencia de búsqueda de compañera de dormitorio estaba usando la Universidad.

Después de todo, cualquiera con medio cerebro podría darse cuenta de que habría que evitar, a toda costa, poner a una estudiante de una rama especializada en trabajo social junto con una estudiante de una rama especializada en informática.

Algunas simples preguntas de tipo elección funcionarían en un caso como este, para evitarlo.

¿ One Direction? ¿Quién puede estudiar con ese sinsentido como ese, a todo volumen, al fondo?

Peor aún ¿quién puede mantener su cordura y su coeficiente intelectual observando a chicos que obviamente son tan estúpidos?

"No, se está poniendo bien", dijo Joyce, subiendo el volumen aún más.

"Muy graciosa", dijo Vicky. "Ahora bájalo, por favor".

"No puedo oírte", gritó Joyce. "¿Qué fue eso que dijiste?"

"Bájalo." Parte de ella quería reír, pero parte de ella estaba igualmente furiosa.

"Habla un poco más alto", gritó Joyce. "No puedo escucharte con la televisión".

"Dije que lo bajaras,"

Y, de repente, y Vicky no estaba muy segura de cómo, porque nunca había hecho algo así antes, se encontró levantada de su asiento y al lado de su compañera de cuarto, intentando inútilmente tirar del control remoto del agarre firme de la muchacha.

Vicky era una chica ligera, típica lectora, muy delgada y pálida.

El único deporte que había probado fue el campo traviesa, pero eso fue solo para completar su solicitud universitaria.

Así que cuando el combate de tirones por el mando a distancia, había dado paso a un combate de lucha libre, consideró que su educación en las artes físicas había sido muy deficiente.

Porque luchar con Joyce era como tratar de luchar con una araña.

Parecía como si una mano o una pierna estuviera en todas partes por las que Vicky quería moverse.

Su humillación empeoró porque su compañera de cuarto solo se reía de sus esfuerzos por tomar el control remoto y continuó riéndose cuando se rindió y se conformó con simplemente soltarse.

"No me había divertido tanto desde que me fui de casa", se rió Joyce. "Mis hermanos menores y yo veíamos UFC y luego probábamos movimientos los unos con los otros".

Y luego sintió como si alguien estuviera tratando de arrancarle el brazo de su hombro.

Vicky nunca había sabido que tal cosa fuera posible.

"Ouch... Ouch ..." y luego continuo diciendo unas palabras alojadas muy en el fondo de su cabeza, incluso aquellas que nunca había tenido motivo razón para usarlas.

"Detente p...".

Riendo, Joyce dijo:

"Solía hacer que mis hermanos se quejaran con mi tía porque una chica los había golpeado".

Parecía como si su articulación estuviera a punto de soltarse.

Vicky ni siquiera tuvo tiempo de pensar.

"Por favor ... ay ... tía ... ¡tía!"

"Eso se llama barra de brazos", dijo Joyce, mientras liberaba a su compañera de cuarto. "Una vez que estás atrapada en ella, realmente no hay una forma de salir, aparte de someterte".

CAPÍTULO 2

Levantó el control remoto, lo examinó brevemente y luego lo arrojó a la cama.

"Hiciste que se cayeran las pilas. Encuéntrelas y vuelva a colocarlas".

Eso no fue muy agradable.

No cuando el hombro a Vicky le dolía tanto.

Se preguntó si había sufrido algún daño permanente.

Pero, supuso que sí que ocasionó en algún momento que las pilas se cayeran.

Tragando un poco de indignación, comenzó la búsqueda de las dos pilas AAA, las encontró y las volvió a colocar en el control remoto.

Finalmente, pudo volver a su tarea, esto había perdido demasiado de su valioso tiempo.

"Y arregla mi cama", dijo Joyce. "Toda esa lucha la estropeó".

Ella estaba llevando las cosas demasiado lejos.

En primer lugar, Vicky fue la víctima del combate de lucha libre, no la ganadora.

Y lo más importante, la cama había estado hecha un desastre durante la mayor parte de la semana.

"No soy tu doncella", dijo Vicky, y regresó a su escritorio.

Solo que ella nunca lo logró.

Solo había dado dos pasos antes de que Joyce estuviera de nuevo sobre ella, golpeando como una cobra.

Joyce había estado esperando una excusa para continuar la pelea.

Ella continuó luchando con su compañera de dormitorio.

Ella había luchado con sus hermanos muchas veces.

Era mayor, pero ellos eran chicos, físicamente superiores, pero, sin embargo, Joyce era más inteligente y un poco más despiadada.

Fue divertido.

Fue un desafío, y Joyce ganó más de lo que perdió.

Por otro lado, esto no era un desafío para Joyce.

Aquí había una conclusión inevitable.

Vicky no solo era una mujer débil, sino que la chica no tenía idea de cómo defenderse.

Luchar contra la pequeña nerd no debería ser muy divertido.

Debería ser aburrido.

Pero era todo menos aburrido.

Era...

.. emocionante.

CAPÍTULO 3

Los pezones de Joyce se habían endurecido hasta convertirse en balas.

Sus costados estaban ambos cálidos y sudorosos.

En verdad, había sido un poco emocionante luchar con sus hermanos cuando podía sentir la presión ocasional de una erección, sabiendo cuánto los avergonzaba.

Y un poco de hormigueo cada vez que iban a llorar a su tía.

Pero esto, oh sí, esto era diez veces mejor que eso.

Joyce luchaba con su compañera de cuarto.

Presionando su sexo sobre la chica.

Trabajando sobre ella.

"Tía", Vicky jadeó sin aliento.

Estaba tan cansada que era imposible defenderse.

Sintió que no podía respirar.

"No puedes simplemente someterte. Ni siquiera te hecho una llave". Dijo Joyce mientras le agarraba una pierna, ponía sus piernas alrededor de la chica, tomaba el tobillo y le daba un giro.

Listo.

"¡Tía!" Chilló Vicky.

"Eso se llama bloqueo de tobillo", dijo Joyce mientras liberaba la presión, pero no la soltó. "¿Vas a hacer mi cama ahora?"

"Sí ..." se quejó Vicky.

Joyce presionó un poco más el tobillo de la chica una vez más.

"Y limpiarás el piso y guardarás mi ropa".

"Ummmm ... está bien". Vicky jadeó.

"Esto es divertido", exclamó Joyce, mientras agarraba a la chica nuevamente. "Me pregunto qué más puedo hacer que hagas".

"¡Dije que limpiaría el piso!" Vicky protestó en vano.

La lucha continuó.

Era un asunto muy unilateral.

La pobre Vicky estaba exhausta, pero hizo un valiente esfuerzo por escapar de las garras de su compañera de cuarto, aunque había renunciado totalmente a las peleas desde chica.

"Eres tan endeble", continuó Joyce con sus comentarios mientras intentaba un movimiento y luego otro.

Ni siquiera se molestaba con las presentaciones, solo trataba de ver en qué posición podía poner a su compañera de cuarto.

Un nuevo movimiento.

Resurgió calor en su cuerpo cuando miró el culo de Vicky.

Su camisón de dormir se había levantado, y la posición que tenía había provocado que sus bragas se atascaran en la raja de su trasero.

Joyce incluso pudo ver un poco del agujero apretado de la chica debido a la cuña que se había ocasionado.

La pobre Vicky podía sentir la brisa fresca en su trasero, pero no había nada que pudiera hacer al respecto, sino tratar de mantener la espalda recta.

Había incluso menos que podía hacer al respecto cuando su compañera le retiro la cola de caballo.

Arqueó su espalda y se vio obligada a retroceder aún más sobre sus piernas.

Si no tuviera tanto dolor, la humillación de su posición habría sido mucho más aguda, aunque ya era mortificante de por sí.

"Tía", jadeó Vicky. "Tía-tía-tía".

"Ni siquiera estás intentando defenderte", dijo Joyce. "Estoy empezando a preguntarme si te gusta que te maltraten".

"Yo no quiero pelear contigo." Se quejó Vicky. "¿Qué ... qué estás haciendo?"

¿Qué estaba haciendo Joyce?

Vicky intentó darse la vuelta, pero Joyce se plantó sobre el arco de su espalda.

En su condición debilitada, no había forma de que Vicky pudiera ignorar a la otra chica.

¿Y lo peor? ¿Lo peor?

La pobre Vicky podía sentir como sus dedos agarraban la banda de sus bragas y estaban tirando hacia debajo de ella.

"Deja eso donde está", pidió Vicky.

Pero a esas alturas, las bragas ya estaban fuera de su alcance.

Todo lo que podía hacer era intentar abrir las piernas para evitar que se las quitara por completo.

Pero tales esfuerzos débiles no iban a disuadir a la chica más fuerte.

No, por un momento Joyce cambió su peso hacia los muslos de Vicky, y luego desnudó abruptamente a la chica de sus bragas.

"Devuélvemelas", dijo Vicky. Y luego, con voz temblorosa, agregó. "Lo digo en serio."

"Ahora, ¿vas a hacer al menos un poco de esfuerzo?" Joyce preguntó.

Sus fosas nasales se dilataron.

Dios, ella estaba muy buena.

Y mirar las nalgas suaves del trasero de su compañera de cuarto la estaba poniendo aún más caliente.

"¿Debería quitarte algo más?"

"¡No sigas!" Vicky exclamó.

Oh, ella había puesto todo el esfuerzo posible en decirlo.

Había algo extremadamente vergonzoso en la situación y quería esconder esa sensación de Joyce.

Pero pronto tuvo otras cosas en que pensar.

Una nalgada.

CAPÍTULO 4

Otra nalgada.

Mierda como picaba.

El afán de su compañera de cuarto.

¡Quitarle las bragas y luego azotarla!

Oh, iba a hacer que la chica pagara ... de alguna manera.

De alguna manera.

Nalgada.

Nalgada.

Pero primero, Vicky tenía que soltarse.

"Muéstrame lo que tienes." Joyce dijo, y luego le dio cuatro nalgadas más.

Podía ver las huellas de sus manos delineadas en rojo en la carne blancuzca de su compañera de cuarto.

Joder, ella estaba buena, muy buena.

"Vamos. Lucha conmigo. Debilucha".

"¡Agghhh!" Vicky gritó desafiante, su ira alejando su flojera.

Ella gimió como un animal atrapado.

Ella pateó.

Ella tiró del pelo de la otra.

Ella se zafó.

Ella se retorció.

Ella luchó.

Sin embargo, ella siguió perdiendo.

No solo el combate de lucha libre, sino también su camisón de dormir.

Ella ahora estaba totalmente desnuda.

Su cara estaba roja por el esfuerzo y por ser presionada con tanta fuerza contra el piso de baldosas.

Ella solo había estado cerca de escapar del agarre de Joyce dos veces.

Pero cada intento parecía exponer más de su cuerpo y cansarla aún más ahora que la explosión de adrenalina había desaparecido.

"Vamos, Vicky, muévete. No te quedes ahí quieta." Joyce instó a la chica postrada, dando unos cuantos azotes más.

Los azotes que ella le daba ahora habían dejado de ser duros.

Pero eran bastante variados.

Apuntaba con cuidado, asegurándose de convertir cada centímetro de la piel blancuzca del culo de Vicky, que antes estaba perfecta, en un profundo color rojo.

E igualmente importante, Joyce hacía que sus labios sexuales se apretaran fuertemente contra la hinchazón del trasero de su compañera de cuarto, de modo que la lucha se transmitiera directamente a su ardiente sexo.

Esperó que Vicky no pudiera oler sus jugos.

El aroma era ya muy fuerte.

Pero, por otra parte, la pobre Vicky había renunciado hace mucho tiempo a que su compañera de cuarto no descubriera el estado de su sexo muy húmedo.

Ella estaba goteando.

Podía sentir el aire enfriándola.

Nunca había sido luchada y azotada.

Pero estaba excitada.

Había forcejeado por una última vez, pero la última vez tratando de despistar a Joyce.

Al menos eso es lo que se dijo a sí misma.

Sin embargo, sus luchas no cedieron a Joyce.

Las luchas solo causaron que sus muslos se extendieran, por lo que su sexo caliente ahora se deslizó contra el piso frío.

Dios.

Ella estaba dejando una huella como una babosa en el suelo.

Se sentía ... Dios si se sentía divino.

Ella nunca había pensado que pudiera pasar esto.

"Ugh" Con un gruñido, Vicky comenzó a bombear sus caderas.

Dios, no podía creer que estaba haciendo esto.

"Dios Vicky", dijo Joyce. "Estás empapada".

Las mejillas de Vicky ardieron de humillación.

Su vergüenza secreta había sido descubierta.

Peor ... Dios mío. Vicky podía sentir como un dedo estaba sondeando su sexo húmedo.

Ya no le quedaban secretos después de tal examen.

"¿Te gusta que te den unas cachetadas? ¿Así lo haces con tu novio?" Bromeó Joyce. "¿Es eso Vicky? ¿Te excita ser azotada?"

"No", mintió Vicky.

Pero ella no quería intentar evitar que su compañera siguiera moviendo sus dedos sondeándola.

Se sentían demasiado bien.

Era demasiado bueno

"Creo que sí", dijo Joyce. "Tu coño me die que sí, ¿verdad?"

"No ..." gimió Vicky.

Dios, la chica la estaba volviendo loca.

"Creo que todo esto te está gustando mucho", dijo Joyce. "Vamos a averiguarlo."

Oh, Dios. ¿Y ahora qué? Vicky pensó al sentir que Joyce movía misteriosamente su peso encima de ella antes de que se volcara abruptamente de nuevo.

Fue entonces cuando descubrió lo que Joyce había estado haciendo.

Se había quitado las bragas.

Vicky pudo ver el trasero desnudo de su compañera de cuarto cuando la chica se sentó a horcajadas sobre ella en la parte superior de su pecho, con las espinillas clavando las muñecas de Vicky en el suelo.

Joyce se lamió los labios mientras miraba el cuerpo indefenso y totalmente desnudo de su compañera de cuarto nerd.

"Creo que esto necesita una investigación exhaustiva".

"Basta", jadeó Vicky.

No tenía idea de lo que implicaba una investigación exhaustiva, pero no quería formar parte de ella.

Sin embargo, Joyce tenía exactamente eso en mente.

Una investigación exhaustiva de su coño.

Abrió los labios rosados hinchados de Vicky.

"Húmedo y regordete". Dijo Joyce. "Y mira este clítoris. Prácticamente está rogando por una caricia".

"No, no lo está". Vicky protestó con una voz chirriante y temblorosa.

Sus muslos se cerraron brevemente en señal de desafío.

"Creo que sí," Joyce acarició la hendidura húmeda de Vicky.

Pasando su dedo hacia arriba y hacia abajo por su corte rosa.

Vicky jadeó y sus muslos se abrieron de nuevo, ofreciendo el dulce botoncito entre sus muslos.

Joyce sonrió y mantuvo su tocamiento, acariciando el clítoris de Vicky de vez en cuando.

Trabajando a la chica hasta que llegara a un punto álgido.

Vicky se dio cuenta de repente que la va a obligar a correrse.

Una chica la iba a hacerse correr.

Siempre había escuchado historias de chicas que experimentaban en la universidad, pero nunca pensó que sería una de esas chicas.

Pero el calor dentro de sus entrañas la convenció de lo contrario.

Pero luego esos suaves y dulces dedos fueron apartados, dejándola flotando al borde del orgasmo.

La había acariciado muy suavemente y luego la había dejado flotando fuera del alcance del orgasmo.

La mente de Vicky seguía siendo un revoltijo.

Una cosa era ser obligada mientras estaba sujeta debajo de otra chica, con los brazos atrapados, e incapaz de moverse, pero otra muy distinta es. ... levantar sus delgadas caderas, buscando ese dulce toque.

Eso significa que ella estaba participando.

Y antes de que pudiera haber intentado denunciar a su compañera de cuarto por las libertades que se había tomado.

Ahora ella estaba ... levantando las caderas, buscando el toque de Joyce ... más alto y más alto ... allí ... ahhh ... allí mismo.

Eso es todo, se dijo Joyce para sí misma mientras engatusaba las caderas de Vicky, y hacía que comenzaran a empujar y bombear lo mejor que podía en una posición tan incómoda.

Ven a mí.

Vas a tener que ir mucho más lejos antes de que termine contigo.

CAPÍTULO 5

"Te dije que te gustaba", bromeó Joyce, apretando ligeramente el clítoris hinchado de Vicky. "Es así, ¿no?"

Los costados de la pobre Vicky le empezaban a doler de necesidad.

Levantó las caderas hasta que su abdomen tembló, pero no estaba lo suficientemente alto como para ponerla en contacto con los dedos de Joyce.

No podía hacer nada, si no admitir la verdad.

"Si." Vicky gimió casi sin aliento.

Cachetada-cachetada-cachetada.

Joyce le dio un manotazo al sexo de Vicky, salpicando todo su néctar en el proceso.

Las caderas de Vicky se dispararon.

La sensación no fue dolorosa, pero había sido impactante.

Peor aún, había perseguido su orgasmo.

Era decepcionante, pero de igual forma le había gustado.

La sensación de necesidad que había experimentado y su impotencia la habían asustado profundamente.

Temía ... oh, Dios, ¿qué le estaba haciendo esa horrible chica ahora?

La estaba frotando de nuevo.

Y frotándola como a ella le gustaba.

Ahora estaba abriendo los muslos por voluntad propia de nuevo.

Haciendo que su sexo se tensara por dentro.

Haciendo que calambres bailaran por sus ingles.

Haciendo que su corazón se acelerara.

Fue entonces cuando Vicky se dio cuenta de que podía ver el apretado y estrecho agujero de su compañera de cuarto y su rajita presionada contra su pecho.

Podía sentir la humedad de ella goteando por su pecho.

Podía oler el dulce almizcle de su sexo.

Si pudiera liberar sus manos, estaría dispuesta a acariciar a Joyce, con la esperanza de que la chica dejara de molestarla y tal vez terminara de complacerla.

Pero Joyce tenía sus ideas propias.

Ella era muy consciente de que Vicky estaba indefensa debajo de ella, e igualmente consciente del efecto que sus juegos estaban teniendo sobre ella.

Era muy consciente de que lentamente ella movía su trasero cada vez más cerca de la cara de su compañera de cuarto.

Vicky siempre había tenido calificaciones cerca de las más altas de su clase.

Ella era brillante e inteligente.

Se consideraba una pensadora profunda, pero por primera vez, estaba teniendo dificultades para pensar.

El calor fluía por sus entrañas y su sexo le dolía de necesidad.

El trasero de Joyce estaba justo allí, delante de ella.

Solo a un centímetro de sus labios.

Vicky llegó a sus labios deseados.

Las fosas nasales de Joyce se dilataron cuando sintió esos primeros besos tentativos.

Ah, sí.

Se sentía bien, aunque deseaba un poco más de estimulación.

Y la tendría antes de que todo estuviera dicho y hecho.

"¿Te gusta mi coño?" Joyce preguntó, mientras se inclinaba hacia adelante, y soplaba su aliento sobre el excitado sexo de Vicky.

"Sí", susurró Vicky, separando las piernas, ansiosa porque Joyce la lamiera ... allá abajo.

"Lámame", ordenó Joyce. "Lame mi coño".

Vicky podía sentir el aliento de cada palabra en su coño.

Joyce estaba tan cerca.

Tan cerca de lamerla y hacerla correrse.

Estaba segura de que otras chicas probablemente experimentaron así.

Eso no la hacía gay.

Ni siquiera sabía si iba a disfrutar ello.

Su lengua se escapó e hizo una sonda de búsqueda tentativa.

Y no era tan malo.

Lo hizo de nuevo, un poco más decidida esta vez.

"Oh sí, eso es divino", dijo Joyce con voz ronca. "Lámeme el coño. Más rápido. Oh sí ... así, sigue así".

Lámame a mí también, quería decir Vicky.

Pero su boca ahora estaba ocupada de otra manera y Joyce estaba sentada de nuevo, por lo que Vicky literalmente tenía la boca llena de coño ahora y su nariz estaba ..., ni siquiera quería pensar en dónde estaba su nariz.

"Chica traviesa," ronroneó Joyce. "¿También estás jugando con mi ano? Mmmm ... se siente bien. ¿Quieres que yo juegue con el tuyo?"

"Uffff ..." protestó Vicky.

No.

No, ella ni siquiera quería su nariz donde la tenía y mucho menos ser tocada ... allá atrás.

Pero para entonces un dedo empapado de jugos estaba siendo empujado abruptamente más allá de su esfínter.

Era extraño tener algo metido en ese agujero, pero aún más extraño aún era tener ese algo empujando, cuando la dirección siempre había sido hacia afuera.

No quería ser invadida allí, al menos no creía que lo quisiera.

La dejó sintiéndose aún más impotente.

Oh, Dios ... tan indefensa luchando por respirar, lamiendo, y siendo follada con ahora dos dedos en su trasero.

Se suponía que no debía ser tratada así.

Y ciertamente no se suponía que esto fuera tan malditamente caliente como estaba siendo la situación.

Ella no debería estar lamiendo el coño a una chica.

Y mucho menos una chica que había sido tan mala con ella.

"Justo allí ... justo allí ... justo allí ... oh, Dios ... oh, Dios ..." gimió Joyce, sus caderas montando a la chica indefensa atrapada debajo de ella.

Alcanzando y agarrando los pezones de la chica entre los dedos índice y pulgar y tirando hacia arriba.

Sintiendo la angustiada protesta de la chica ahogándose en su coño.

Amando la lengua ágil que aceleró ahora más rápido de lo humanamente posible.

Con solo teniendo copa B, Vicky no estaba muy dotada en el asunto de tetas, pero lo que le faltaba en circunferencia, lo compensaba en sensibilidad.

¡Y tener sus pezones estirados de esa manera dolía!

Aunque la experiencia también disparó rayos de placer directamente a su sexo.

Pero todo esto era demasiado.

Demasiado.

Lamió a Joyce por todo lo que sentía, con la esperanza de poner fin a su clímax rápidamente, junto con el tormento en sus pezones.

"Oh sí, sí, oh sí. Eso, síiii". Joyce gimió.

Sus movimientos cambiaron de intensidad a un movimiento lánguido cuando su orgasmo alcanzó su punto máximo y comenzó a disminuir.

Con sus caderas simulando ser una especie de sacacorchos mientras usaba la nariz de su compañera de cuarto para complacer a su ano.

CAPÍTULO 6

"Ahora es tu turno", dijo Joyce. "¿Quieres que yo te haga correrte?"

"Si." Admitió Vicky.

No solo quería correrse, sino que merecía correrse después de todo lo que había soportado en las manos de esta chica.

"Mmmm ..." Joyce ronroneó mientras estiraba las yemas de sus dedos y las bajaba por el delgado cuerpo de la chica.

Lentamente dirigiéndose al sexo super húmedo de Vicky.

"Qué coño tan sucio y travieso tienes", dijo Joyce, mientras miraba algo en una pequeña bolsa de cosméticos abierta junto a la cama de Vicky.

Lo levantó y apretó el botón de encendido.

Podía sentir las vibraciones hasta sus dedos.

"Creo que necesita una buena limpieza dentro de él".

Vicky no tenía idea de qué estaba hablando la chica.

Podía escuchar un zumbido familiar, pero no pudo ubicar el sonido.

"¡Oh!" Vicky jadeó cuando sintió el primer toque eléctrico, sus caderas se retorcieron para escapar de la sensación abrumadora.

Pero pronto se dio cuenta de lo que estaba sintiendo y también se dio cuenta de lo bien que se sentía.

Mierda.

Oh joder.

Era su cepillo de dientes.

Joyce debe haberlo sacado de su bolsa de cosméticos.

Jesús ... ella no tenía un repuesto.

Tendría que ... oh, Jesús.

Ella se iba a correr.

Estaba tan jodidamente dura.

Y con una reacción involuntaria por la estimulación, Vicky frunció los labios y besó lo que estaba frente a ella y que resultó ser el culo bien musculoso de su compañera de cuarto.

"Oh bebé, eso se siente tan bien". Joyce ronroneó. "¿Alguna vez has tenido a alguien follando a este coño? Quiero decir, ¿realmente follarlo?"

"Mmmmmmm" Vicky gimió y abrió las piernas tanto como pudo.

"Disminuyamos la velocidad, bebé", dijo Joyce. "Tenemos toda la noche".

Joyce usó el cepillo de dientes en los pezones de Vicky y luego lo deslizó hacia arriba y hacia abajo por su raja.

Pero no lo suficiente como para enviar a la chica al límite.

Ella sonrió perversamente.

Se estaba volviendo buena en esto.

Vicky gimió.

Sus caderas bombeaban, dando la bienvenida a las vibraciones de alta frecuencia, cada vez que Joyce veía conveniente deslizarlo hacia abajo donde le hacía más bien.

Oh, Dios mío.

Ella se iba a correr.

Ella se iba a correr muy fuerte.

Y justo entonces Joyce retiró el cepillo de dientes y le dio unas palmadas ligeras al excitado sexo de Vicky.

"Oh Dios ..." Vicky jadeó, sus caderas empujando, y muriendo por el contacto.

Incluso por estas palmaditas punzantes que la alejaron del clímax.

Ella trató de liberar sus brazos atrapados.

Intentó encontrar alguna sensación para llevarla al límite.

La pobre Vicky no sabía qué hacer.

Aunque su cuerpo tenía algunas ideas.

Besó de nuevo el musculoso trasero frente a su cara.

Lo besó y lo besó un poco más.

"Mmmm ..." dijo Joyce, deslizando una mano lentamente hacia el sexo hinchado de Vicky.

Poniendo la otra mano en sus nalgas, extendiéndolas.

Vicky pudo ver bien abierto el arrugado agujero prohibido de su compañera de cuarto.

No.

Solo la había besado las nalgas a la chica porque no había nada más para que ella pudiera besar.

Sin embargo, ella no tenía ninguna intención de besar eso.

Ni un poquito.

Sin embargo, Vicky podía sentir lo cerca que estaba el cepillo de dientes vibrante de su doloroso sexo.

Muy, muy cerca.

Vicky tomó una decisión rápida.

Lamería a Joyce un poco más si con eso lograba que la chica la llevara al clímax.

Solo que ella lamería el agujero correcto.

Doblando el cuello en un ángulo complicado, Vicky intentó acceder con la lengua al sexo de Joyce.

¡Oh, no, no!', Pensó Joyce.

Jugó con el pezón de Vicky con el cepillo de dientes y usó su otra mano para jugar con el otro pezón, rodeándolo y ocasionalmente tirando de él, a veces cruelmente.

Luego cambió el tratamiento al otro seno, antes de finalmente deslizar el cepillo de dientes vibrante cerca del sexo de Vicky.

Comenzó a golpear ligeramente el clítoris hinchado de su compañera de cuarto con la cabeza del mismo.

Dios, estoy llegando, era el único pensamiento de Vicky.

No podía creer lo que le estaba pasando.

No podía creer que estaba a punto de ... frunció los labios y lo besó.

Besó el fruncido y apretado ano que Joyce le estaba mostrando.

Oh, Dios. Oh, Dios.

No puedo creer que esto esté sucediendo, pensó Joyce para sí misma.

Ella se deleitaba con el momento, pero quería más.

Ella comenzó a deslizar el cepillo de dientes hacia arriba y hacia abajo por la rendija húmeda de Vicky una vez más.

Llevando a la chica al borde.

Viendo sus caderas resbalar y bombear.

Ofreciéndole el sexo, ahora empapado, por la estimulación.

"Chica mala." susurró Joyce.

Y azotó esos labios fruncidos con la palma de su mano.

Bofetadas lo suficientemente fuertes como para picar y para que no haya dudas en la mente de Vicky sobre quién estaba a cargo.

CAPÍTULO 7

Como si Vicky tuviera alguna duda en este punto.

Lo único en lo que podía pensar era en la dolorosa necesidad de dentro de sus entrañas que necesitaba estimulación.

Eso necesitaba, encontrar algún tipo de excitación para su liberación desesperada.

Ya no pensaba en la vergüenza o en lo que estaba haciendo mal.

Sus únicos pensamientos estaban centrados allí, entre sus muslos, y que las sensaciones que recibía allí estaban conectadas con lo que estaba haciendo con sus labios y lengua.

Porque Vicky había ocupado durante mucho tiempo con ligeros besos tentativos a ese orificio prohibido.

Ahora ella lamió.

Ella beso en serio.

Ella sondeó con su lengua.

Conduciéndola dentro lo mejor que pudo.

"Eso es muy sucio", arrulló Joyce. "Y eso que pensé que simplemente eras buena para vestirte, cuando en realidad eras una pequeña pervertida. ¿Crees que debería dejarte correr? ¿Eres mi pequeña pervertida?"

"Mmmmmmm ... sí ..." murmuró Vicky, su boca plantada firmemente en el culo tonificado de su compañera de cuarto.

"Entonces consigue que ese coñito sucio que tienes venga aquí donde pueda alcanzarlo", dijo Joyce. "Y mejor date prisa antes de que estas baterías se agoten".

La pobre Vicky arqueó más la pelvis para darle a su compañera de cuarto un mejor acceso.

Sin embargo, descubrió que el zumbido del cepillo de dientes todavía estaba demasiado lejos.

Tentador, pero fuera de su alcance.

Vicky arqueó su pelvis aún más.

Sintió el toque eléctrico brevemente.

Oh, Dios.

Todavía no era suficiente.

Levantó los pies y luego levantó las rodillas.

Sus caderas ya no tocaban el piso.

Seguramente esto sería suficiente.

Solo que no fue del todo suficiente.

"Por favorrr ..." murmuró Vicky.

"¿No lo quieres?", Bromeó Joyce. "Ven y cógelo."

Oh como lo quería ella.

Vicky se puso de puntillas y empujó su pelvis hacia adelante por última vez.

Le temblaban las pantorrillas y los muslos.

Ella no podría mantener esta posición por mucho tiempo.

Rezó para que fuera lo suficientemente alto.

Joyce tocó el cepillo con su clítoris y labios hinchados y contó 'Uno' en su cabeza.

Luego se quitó y contó 'Dos. Tres ".

Luego, de nuevo hacia arriba por un 'Uno'.

Luego, de regreso por otros dos.

Arriba y abajo.

Encendido y apagado.

Encendido y apagado.

Joyce levantó la mano y tiró de Vicky hacia su trasero.

Maldita sea, esa lengua era divina con una mayúscula D.

Podía acostumbrarse a este tipo de mimos.

"No duraré mucho más así... no duraré ... no puedo ... no puedo ..." Vicky repitió en su mente.

Sus músculos ardían.

Su muslo tenía un calambre.

Se estaba muriendo por enderezar su pierna y esperar que el doloroso nudo se aliviara, pero temía perder las sensaciones del cepillo de dientes una vez más.

Era difícil respirar atrapada allí debajo de las musculosas nalgas de su compañera de cuarto.

Se mantuvo en posición e ignoró sus extremidades protestantes y ligamentos, todavía lamiendo su ano todo lo que podía.

La maravillosa sensación comenzó en lo profundo de sus entrañas.

Oh joder.

El calor acumulado.

Luego todo pareció derramarse ... surgiendo como un enorme maremoto.

Corriéndose.

Oh, Dios, ella se estaba corriendo.

Nunca antes había sentido un clímax de tal magnitud.

Incluso Joyce estaba celosa de la reacción de su compañera de cuarto.

Las piernas temblorosas, el sexo penetrante, los fuertes gemidos debajo de su culo, el chorro de jugo de la chica que se derramó sobre el piso de baldosas.

Oh sí, fue un clímax infernal.

Joyce estaba segura de que un orgasmo como ese no sería suficiente para su compañera de cuarto.

CAPITULO 8

Y no fue suficiente.

Claro, Vicky se dijo a sí misma que nunca más volvería a tener ese comportamiento.

Pero al día siguiente, Vicky no pudo evitar pensar en lo que había sucedido con su compañera de cuarto.

Ser maltratada.

Nalgadas.

Ser burlada tan cruelmente.

A medida que el tiempo para regresar a su dormitorio se acercaba, ella se ponía cada vez más ansiosa.

¿Joyce le haría algo cuando volviera?

¿Quería que Joyce hiciera algo con ella?

Vicky podía sentirse sudar.

Podía sentir que sus bragas se humedecían.

Dios ... ¿y si Joyce se dio cuenta de esto?

Asumiría que Vicky querría más.

Con dedos temblorosos, Vicky metió la llave en la cerradura de la puerta de su dormitorio y abrió.

Joyce estaba allí en su escritorio ... sin siquiera reconocer su presencia.

Quizás toda esa ansiedad hubiera sido para nada.

El silencio se hizo incómodo.

"Hola ..." Vicky soltó y maldijo su hablar dubitativo.

"Oh, hola Vicky", dijo Joyce, mientras giraba su silla para mirarla.

La mirada de Vicky salió lanzada como un imán entre los muslos de su compañera de cuarto.

La chica llevaba una falda corta y no llevaba bragas.

Su rajita rizada estaba allí, mirándola descaradamente.

¿La chica no tenía vergüenza?

"Estaba pensando en ti", dijo Joyce mientras se levantaba y se acercaba a su compañera de cuarto que estaba congelada justo en medio de la puerta.

"¿Tú estabas?" Vicky respondió.

Sus mejillas ardían de un rojo brillante.

¿Qué tipo de respuesta fue esa?

Ella no podía pensar con claridad.

"Estaba pensando que mi coño se sentía muy solo", dijo Joyce, girando un mechón de cabello de Vicky.

Su agarre se movió hacia el cuello de Vicky.

"Está triste y necesita animarse".

El simbolismo de la mano alrededor de su cuello era claro y el corazón de Vicky se aceleró mientras veía a su compañera de cuarto meterse debajo de su falda y comenzando a trabajar.

Comenzó a excitarse cuando ella quitó los dedos mojados y los acercó a los labios de Vicky.

No debería hacer esto, se dijo Vicky, incluso mientras sus labios se separaron y succionaban el dedo ofrecido de su recubrimiento ácido.

"Tienes demasiada ropa puesta", dijo Joyce mientras despojaba a su compañera de cuarto de su ropa, dejando a la chica en solo un par de calcetines.

Supongo que esto es todo, pensó Vicky para sí misma.

Ahora es cuando hacemos el amor.

"Pensé que podríamos jugar un juego diferente hoy", dijo Joyce mientras se quitaba la bufanda que tenía alrededor del cuello y la ataba a la cabeza de Vicky, convirtiéndola en una venda improvisada.

"Hiciste un buen trabajo lamiendo mi coño ayer", dijo Joyce, mientras conducía a Vicky a su escritorio. "Pero hoy, te voy a enseñar lo que realmente me gusta".

Con una sonrisa tortuosa, Joyce extendió la mano y giró la barra de las persianas de la ventana.

Su ángulo ahora permitía que la chica viera el dormitorio frente a ella y que cualquiera que estuviera mirando por la ventana los pudiera ver.

Con las fosas nasales dilatadas, se deslizó más cerca de la pared.

Estaba segura de que nadie podía ver nada por encima de su cintura.

Pero pobre Vicky.

Vicky estaba directamente a la vista.

"Comienza con mis pies", dijo Joyce, acercando un pie a los labios de Vicky.

Riendo, pero retirando su pie ante el toque cosquilleante de los labios y el aliento caliente de su compañera de cuarto.

"Eso da cosquillas."

Y a partir de ahí ese día todo fueron lecciones.

Vicky aprendió a chuparle los pies.

A lamerse entre ellas.

Besar pantorrillas y rodillas.

Picar entre los muslos extendidos.

Respirar su aliento caliente sobre el sexo de Joyce.

Besar los labios ... de allá abajo.

Lamer la ranura.

Trabajar hasta el clímax el clítoris de su compañera de cuarto con su lengua.

Cepillar suavemente su lengua sobre el clítoris.

Acariciar los pezones duros con sus manos libres.

Acariciarlo todo.

Trabajar su lengua más rápido cuando Joyce estaba a punto de correrse y reducir la velocidad mientras la chica salía de su orgasmo.

Vicky escuchó a Joyce moverse nuevamente y se preguntó si ya era su turno de hacer el amor.

Pero Joyce tenía otros planes.

"Acércate", dijo Joyce, ahora frente al escritorio e inclinándose hacia adelante. "Tengo una sorpresa para ti".

Vicky se acercó mientras su ceño se arrugaba por la preocupación.

¿Qué tipo de sorpresa tenía Joyce en mente para ella?

A medida que se acercaba, no había duda de lo que le ofrecía Joyce al haberse dado la vuelta e inclinado.

Su hermoso culo tonificado.

En ese momento, Joyce se dio la vuelta y agarró la cola de caballo de Vicky y la apretó con fuerza.

"Lámemelo," gruñó Joyce acercando la cabeza de Vicky a su entrepierna.

Era una orden.

Con un estremecimiento, Vicky lanzó un suave maullido de desesperación.

Esto no parecía del todo justo, ya que ella había lamido este mismo lugar la noche anterior.

Pero si ya no estuviera tan excitada, seguramente se habría negado.

Sin embargo, a estas alturas ya había pasado lo que parecía como una hora haciendo que Joyce se corriera y ella aún no lo había hecho.

Ella no quería arruinar las cosas antes de que fuera su turno.

Su lengua se deslizó de entre sus labios y su ano y comenzó a lamer.

"Mmmmmmm ..." Joyce gimió mientras acariciaba su clítoris con los dedos y disfrutaba de las sensaciones de su fondo. "Buena chica."

"Eres una pequeña zorra sucia", jadeó Joyce. "¿Lo sabes?"

Con la boca ocupada de otra manera, Vicky dio un gemido en respuesta.

Joyce se frotó más rápido, su torso descansando sobre el escritorio ya que su brazo izquierdo no podía soportar su peso.

¡Oh, joder!

Y el siguiente orgasmo la atravesó como un incendio forestal.

"Levántate y espera aquí", dijo Joyce una vez que había bajado de su orgasmo.

Cogió el cepillo de dientes de Vicky de su bolsa de aseo.

Un pequeño jadeo escapó de los labios de Vicky cuando escuchó el zumbido familiar tan cerca de su oído.

Joyce jugó con su compañera de cuarto, pasando la cabeza vibrante sobre las zonas erógenas de Vicky.

El cuerpo de Vicky se sacudía cada vez que sentía que la cabeza zumbante tocaba su sexo ...

La sensación era demasiado intensa, y más aún porque todavía llevaba la venda en los ojos y no podía prepararse para el contacto.

Sin embargo, con cada toque, su cuerpo se sacudía cada vez menos a medida que se aclimataba.

"¿Te cepillaste esta mañana?" Joyce bromeó, mientras tocaba la cabeza del cepillo de dientes con la boca de Vicky.

"Sí ..." se las arregló Vicky, mientras giraba la cabeza para evitar que el cepillo empapado en sexo se metiera en su boca.

"Vamos", instó Joyce, alternando entre burlarse del coño de Vicky e intentar pasar el cepillo por la boca bien cerrada de la chica.

La emoción del poder la estaba calentando de nuevo.

"Vamos. Sabes que lo quieres. La higiene oral es muy importante ... además sé dónde ha estado tu boca. Necesita una buena limpieza".

"No", jadeó Vicky, sus labios apretados firmemente.

Había renunciado a girar la cabeza y ahora el cepillo zumbaba entre los labios y vibraba contra sus dientes.

Podía oler el hedor almizclado de su sexo en el cepillo.

Ella no podía hacer esto.

Ella ... sus dientes se separaron.

Podía saborear sus jugos mezclados con menta.

"Ábrela totalmente." Dijo Joyce.

Vicky abrió la boca.

Dios, era tan humillante.

Se sintió tan impotente mientras su compañera de cuarto pasaba el cepillo sobre sus dientes y lengua.

Joyce volvió a bajar el cepillo y lo trabajó sobre el sexo de su compañera de cuarto.

Haciendo que la chica entrara en frenesí una vez más.

"Ponte de rodillas de nuevo", ordenó Joyce.

Con las mejillas floreciendo de un rojo furioso, Vicky nunca se había sentido tan subyugada como cuando se arrodilló y su compañera de cuarto siguió cepillándola y burlándose de ella.

"Te lo voy a meter en ese coño que tienes", bromeó Joyce. "No, date la vuelta esta vez. Al estilo perrito se guro que te gusta joder, puta flaca".

Vicky se sonrojó aún más cuando se dio la vuelta y trató de retroceder el culo sobre el cepillo vibratorio para hacerlo tocar su clítoris.

Sin embargo, estaba demasiado alto, golpeándola realmente en el culo.

Y Joyce no estaba siendo cooperativa.

"Lo quieres, ven y tómalo", se rió Joyce. "Vamos. Más arriba ... más arriba ..."

La pobre Vicky se vio obligada incorporarse sobre las manos y las rodillas ...

Estaba de casi de pie, pero ahora apoyaba la parte superior del cuerpo con las manos en el suelo.

No era cómodo ... no por mucho tiempo.

Pero no tendría que estar incómoda por mucho tiempo ya que el cepillo la había llevado casi al clímax.

Solo un poco de contacto con su clítoris y se iría como un cohete.

"La boca de nuevo", dijo Joyce, cuando detectó el temblor a lo largo de la columna de su compañera de cuarto.

"Por favor ..." Vicky gimió, ignorando la orden, esforzándose cada vez más, de puntillas.

Estaba demasiado cerca para dejar de intentarlo ahora.

"Dije boca", la voz de Joyce tomó un tono duro mientras retiraba el cepillo.

Con un gemido de decepción, Vicky se dio la vuelta, arrodillándose rápidamente.

El cepillo no dejaba de sonar, pero en vez de cepillarle los dientes esta vez, la dejó chupando los jugos de la cabeza del cepillo de dientes.

"Pequeña zorra pervertida", dijo Joyce. "Te estás volviendo buena en esto. Ahora, date la vuelta de nuevo e intenta correrte".

Vicky no necesitaba que se lo dijeran dos veces.

Se dio la vuelta y buscó el contacto con el cepillo una vez más.

Todavía tenía los ojos vendados, por lo que no sabía que Joyce estaba alejando el cepillo cada vez que se acercaba.

Haciéndola trabajar por eso.

Arqueamiento de la espalda.

Caderas buscando.

Piernas temblando.

Hasta que por fin hizo contacto.

"Oh, joder ..." Vicky gimió.

Ya no pensaba en lo vergonzosa que parecía.

Ella era como un animal.

Su cuerpo quería liberarse ... lo necesitaba.

"Joder ... joder ... oh, Dios ... oh, Dios ..." Vicky gritó en un tono agudo y sin aliento.

Más rápido y más rápido ella gimió.

La leche caliente se derramó sobre sus piernas.

CAPÍTULO 9

Al principio, Joyce pensó que su compañera de cuarto se había enojado, pero luego se dio cuenta de que había llegado.

Wow que se venga.

Joyce sonrió y giró la barra para que las persianas se cerraran.

"Puedes quitarte la venda de los ojos ahora", le dijo a la forma postrada de su compañera de cuarto, tirada agotada en el piso de baldosas, casi revolcándose en sus propios jugos copiosos.

Vicky se quitó la venda de los ojos, pero no tenía la energía para levantarse del piso.

Dudaba que alguna vez lo pudiera hacer.

Pero menos de un minuto después, se enfrió y se avergonzó de la exhibición que estaba haciendo mientras yacía desnuda en el frío suelo de baldosas.

Si tan solo supiera que, en el dormitorio al otro lado de la ventana, habían visto mucho más que eso.

La mayoría se había dado la vuelta con disgusto.

Algunas tomaron fotos para verlas después.

Pero unos pocas se habían quedado mirando hasta el final.

Había apagado las luces y todo sus clítoris ansiosas.

Reteniendo la imagen de la chica en sus mentes.

Determinando que, si se presentaba la oportunidad, ellas también querrían jugar con ese trasero y coñito.

Una de esas chicas le preguntó a su compañera de cuarto:

"Me parece familiar. ¿La has visto en alguna de tus clases?"

"No, pero la he visto cuando paso por delante de la clase de computadoras", dijo la otro. "Ella es una especie de geek de la computadora".

"¿Qué día y a qué hora?"

"Mañana a las tres de la tarde"

"Apuesto a que, si la llevamos a algún lado, ella hará lo que queramos".

"Y quiero hacer muchísimas cosas divertidas con ella". Dijo mientras se chupaba los jugos de los dedos.

"Yo también." Dijo la otra chupándole un dedo.

"Podría ponerse ruidoso".

"Entonces vamos a llevarla a nuestro dormitorio".

"¿Crees que ella vendrá?"

La otra chica recogió un cepillo de dientes eléctrico y lo encendió.

Sus ojos brillaban en la oscuridad.

"Oh, tengo la sensación de que lo hará si le enseño esto. Además, tomé algunas fotos y apuesto a que no querrá que se distribuyan por el campus".

.

FIN

DESPUÉS DE CLASE
(DOMINACIÓN ERÓTICA)
POR
ERIKA SANDERS

CAPÍTULO 1

Soy una instructora de danza moderna, y hace unas semanas apareció una nueva pareja en mi clase de danza.

Eran la imagen absoluta del estado físico que dejaban las pistas de esquí, el tipo de persona que marcaba el ritmo en centros turísticos como los suizos.

Pronto aprendí que ambos eran esquiadores competitivos y estaban tomando mi clase de baile avanzado como parte de su régimen para ponerse en forma para los rigores de la próxima temporada de esquí de invierno.

Hablé con ellos brevemente un par de veces y descubrí que estaban casados.

El marido era muy guapo, pero era un verdadero imbécil.

El tipo de chico que desde la escuela secundaria era el capitán de esto y el capitán de aquello, y todo eso se le subió a la cabeza.

Un imbécil guapo pero arrogante que pensó que era un regalo de Dios para las mujeres.

Pero la esposa era otra cosa.

Era dulce y cortés, incluso un poco tímida y recatada.

Y, sin embargo, era un espécimen tan perfecto como su marido, una verdadera belleza.

Pero de alguna manera no parecía que se le hubiera subido a la cabeza.

Naturalmente, siendo una mujer gay, enfoqué mi atención en ella.

Esta mujer esquiadora, alta e increíblemente en forma, me traía un pequeño hormigueo cada vez que entraba a mi clase de baile.

Y vestida como estaba en su ceñido leotardo, me debilitaba las rodillas.

La única decepción fue que ella siempre estaba acompañada por ese idiota de su marido.

Si bien Stella, ese era su nombre, era dulcemente tímida, también había un brillo erótico muy perceptible o un resplandor en ella, al menos así parecía ser.

Además, había algo en la forma en que se movía.

Stella, una bailarina natural, tenía la gracia física de una gata bien estilizada.

Una rubia fresca con grandes ojos color avellana, tenía en su cara las pecas más lindas que había visto nunca.

Creo que no habría sido atraída e intrigada por ella dondequiera que la hubiera visto, pero en una clase de baile todo se destaca.

Mujeres vestidas con leotardos o mallas, sus cuerpos cubiertos con el brillo del sudor que proviene de la danza vigorosa.

Para muchos, todo el ambiente apesta a sexo.

Aunque aprecie a un hombre atractivo, un cuerpo masculino bien esculpido, en forma y elegante, esos cuerpos no me decían nada a mí, sexualmente hablando.

Pero era otra historia completamente diferente con mis alumnas.

Fue cuando comencé a enseñar clases avanzadas de danza moderna y ballet, que, al ver a todas esas mujeres atractivas y en forma, me volví cada vez más excitada, más y más promiscua.

Escogería a una o dos bellezas de mi clase y tendría fantasías sobre ellas.

Y pocas mujeres revolvieron fantasías febriles y eróticas en mi cabeza más que la encantadora y sexy Stella.

Comencé a soñar despierta con esta mujer alta, joven y atlética.

Con su cintura delgada, con el estómago duro de la tabla de planchar, con sus hermosos senos y sus piernas que siempre las miraba cuando se iba a cambiar.

Y cuando una vez la vi desnuda en el vestuario después de bañarme, mi cabeza, casi literalmente, comenzó a dar vueltas.

Estaba tan emocionada.

CAPÍTULO 2

Y una noche Stella vino sola a clase, sin su marido.

Estaba nerviosa, aunque no sabía muy bien por qué.

Había conversado un poco con ella, pero nunca hubo señales de que ella pudiera ser más que un objeto de fantasía para mí.

Aun así, fue genial verla allí sin su cónyuge.

"Hola", dije en el vestuario cuando la vi secarse después de bañarse.

Naturalmente, al verla en ese estado tuve que contenerme.

"¿Dónde está tu esposo esta noche?"

"Oh, tuvo que salir de viaje, ya que está respaldando a algunas estaciones de esquí", dijo.

Ella me miró como si quisiera decir algo más.

"¿Puedo preguntarte algo?" ella finalmente dijo. "Espero no ser presuntuosa, y que no te enfades. Puedo estar inventando todo esto. Pero he notado que me has estado mirando. Y me has estado mirando de forma - uh—de manera especial. Si solo lo estoy inventando, lo siento mucho. Pero pensé que debía preguntar ... "

Ella miró hacia abajo con timidez, teniendo problemas para continuar.

"Continúa", insté.

"Bueno, me preguntaba si tal vez estabas, oh, es tan difícil para mí decir esto, me preguntaba si tal vez te sentiste atraída por las mujeres".

Respiré profundamente, preguntándome cómo responder.

Estaba un poco sorprendida de que ella hubiera notado esto en mí, el detectar que había algo sexual en la forma en que la miraba.

Aunque a menudo me sentía así por algunas mujeres de la clase, hacía todo lo posible por no revelarlo, seguir siendo profesional y no actuar como si ellas estuvieran haciendo un pase, para mí o algo así.

Pero también estaba emocionada de que todo esto saliera a la luz.

"Bueno, en realidad me atraen las mujeres", confesé.

"No eres gay, ¿verdad?" ella preguntó.

"Soy gay", le dije sin rodeos.

"¿Y has estado pensando en esas cosas tú misma?" Pregunté, tratando de ser discreta, pero asegurándome de que esta conversación se moviera en la dirección que deseaba. "¿Sientes alguna atracción sexual por las mujeres?"

"Bueno, como puedes ver, estoy casada y soy heterosexual y todo eso. Pero siempre he querido intentar tener intimidad con una mujer y ver de qué se trataba todo eso".

Ella no podría haber sido más franca, una mirada de anhelo en su rostro.

"¿Crees que posiblemente que pudieras enseñarme? Después de todo, eres mi maestra de baile, tal vez puedas instruirme en algún otro tipo de actividad física vigorosa, ¿cómo puedo decirlo?".

Ella respiró hondo.

Creo que se sorprendió de sí misma de que podía ser tan franca, casi descarada como lo estaba siendo.

"Tal vez pueda", dije mientras nos miramos audazmente.

¡Hablaba sobre sueños hechos realidad!

Por supuesto, lo más sorprendente de todo esto fue que estábamos teniendo esta conversación mientras ella estaba desnuda.

La fui a visitar en el vestuario justo después de que ella se había duchado y se estaba secando.

Y ese era el estado en el que se encontraba cuando me habló sobre la posibilidad de que yo le presentara los placeres del sexo entre chicas.

Ahora, mirando a mi alrededor para asegurarme de que no había otras mujeres a la vista, deslice mi mano entre las piernas de Stella y la apreté suavemente.

Ella cerró los ojos y suspiró cuando sintió eso.

"Voy a hacerte sentir muy, muy bien, Stella," susurré. "Eso, lo puedo prometer".

"¡Oh, realmente lo espero!" dijo con nostalgia, ternura y anticipación en su voz.

"Lo haré", le dije, inclinándome para darle un beso suave.

"Sabes, podemos ir a mi casa", dijo, "como te dije, mi esposo está fuera de la ciudad".

"Me encantaría ir a tu casa contigo. Pero primero déjame entrar y ducharme. Fue un trabajo duro esta noche. Tu ya estás agradable y limpio, pero todavía estoy toda pringosa y sudorosa".

"Oh, por favor, quédate así, tal como estás", dijo, tirando de mi brazo. "Me encantaría que te quedaras como estás. Cuando estás dando clases, te veo sudar y veo las manchas debajo de tus brazos y la película de sudor en tu espalda cuando te das la vuelta. De alguna manera, viendo cómo te gusta todo esto me emociono mucho ".

Tan bonita que era Stella y tenía un poco de fetiche por mi sudor.

¿Hmmmmm?

Empecé a hacerme ilusiones con ella.

"Muy bien", le dije. "Iré con todos los agradables, sudorosos y olores".

CAPÍTULO 3

En el momento en que entramos a su casa, ella ya estaba sobre mí.

Como esta sería su primera vez con una mujer, esperaba que dudara un poco.

Pero eso no fue cierto en absoluto.

Ya estaba inflamada con un deseo aparentemente insaciable en el momento en que entramos por la puerta.

Ella me abrazó con tanta fuerza y me besó tan intensamente, sus labios abiertos, su lengua lanzándose a mi boca, que pensé que me dejaría sin aliento.

Y la forma en que me miró a los ojos cuando me abrazó, rindiéndose a mí, era como si necesitara afecto tanto como cualquier otra cosa.

Conocía ese sentimiento.

Tomé su mano y le pedí que me llevara a su habitación.

Allí, nos quitamos rápidamente la ropa, ambas sin aliento por la excitación.

Sus ojos color avellana palpitaban, brillaban de deseo.

Suavemente la empujé hacia la cama, luego me acurruqué junto a ella.

Nuevamente nos besamos profundamente, tiernamente, nuestras manos deslizándose suavemente sobre los cuerpos de la otra.

Abrió las piernas de par en par cuando mis dedos fueron hacia abajo sobre su estómago.

¡Ella estaba lista!

Cuando toqué su coño, noté que ya estaba completamente mojada allí abajo.

"¡Voy a hacerte sentir tan bien!" Le susurré.

Lentamente acerqué mis labios a su cuello.

Olía muy dulce después de la ducha y su piel era suave y sedosa.

Cuando mis labios se movieron hacia sus senos, ella gimió tan ansiosamente que casi me rompió el corazón.

Tenía hermosos senos y pequeños pezones oscuros, un extraño contraste con su pálida piel.

La atormenté, besando y lamiendo lentamente cada centímetro de cada uno de sus senos y chupando ambos pezones.

Su respiración era pesada ahora mientras presionaba mi cabeza contra sus senos.

"¡Sí, sí!" murmuró ella, con los ojos cerrados con fuerza, su rostro en una mueca que casi parecía dolor, pero que sabía que era la intensa necesidad de estar satisfecha, abrumada por el afecto y las alegrías de nuevos placeres.

Mis labios se movieron más abajo mientras lamía su ombligo, luego más lejos cuando sentí los rizos de su vello púbico contra mis labios.

"¡Ohhh!" ella jadeó incontrolablemente.

Ahora estaba entre sus piernas, mirando su coño.

También tenía un lindo coño, muy pequeño, con labios perfectamente grabados.

Y en la hendidura estaba su clítoris, brillante y redondo como un guisante dulce.

Besé ese guisante sensible muy suavemente y, cuando lo hice, todo su cuerpo tembló.

"¡Oh sí, sí!" murmuró, sus deseos finalmente se estaban cumpliendo.

Jugué con ella ahora.

¡La devoré, la consumí!

¡Estaba apretando su pelvis salvajemente contra mi lengua inquisitiva, rogando por ella!

¡Desesperada por eso!

"Oh ... es tan bueno ... ¡y se siente tan bien!" ella jadeó.

Mostré mi dominio de la lengua cunnilingüe hasta que literalmente exploté bajo las caricias de mis labios y lengua, en un clímax abrasador que la abrumaba y devoraba.

CAPÍTULO 4

Regresé a su cara y nos besamos, Stella saboreando la humedad de su propio coño en mis labios.

"Eso fue increíble. ¡Nunca me había sentido tan bien, nunca!", Dijo ella, sacudiendo la cabeza con asombro, con los ojos muy abiertos al reconocer que había sido llevada a una nueva altura de placer.

Su esposo se veía tan robusto y tan masculino.

Pero estos tipos vanidosos y egoístas a menudo son pésimos amantes.

Al igual que muchas otras mujeres muy atractivas, Stella puede haber experimentado mucho menos placer en su vida sexual de lo que cualquiera esperaría solo por su belleza y su evidente atractivo sexual.

"Eso fue agradable, hacerte sentir tan bien", le dije, besándola.

Sus labios se abrieron al tocar los míos, nuestras lenguas buscándose, nuestro aliento dulce, ardiente e íntimo.

"Ahora yo quiero hacerte el amor", dijo emocionada.

Mujeres heterosexuales que lo hacen por primera vez con otras mujeres, eso es lo que realmente esperan.

Por lo general, los hombres le han comido mucho sus coños.

Pero lo que les interesa intensamente es probar el coño de otra mujer.

Como me había rogado, me había abstenido de ducharme y todo mi cuerpo todavía estaba pegajoso por el sudor.

Normalmente eso me habría hecho sentir un poco cohibida en una situación tan íntima como esta, especialmente con una nueva amante, pero así es como Stella me quería, empapada de sudor, apestosa y sin lavar.

Ahora ella me sorprendió al levantar mi brazo y lamerme allí, donde estaba especialmente húmeda y salada.

Esta fue la primera vez.

Nadie había lamido mi axila antes, toda sudorosa y apestosa como estaba.

Ella realmente me sorbió allí, codiciosa por el sabor de mi sudor.

Cuando lo lavó bien, bajó el brazo, se movió hacia el otro.

Entonces ahora pasó su lengua por todo mi cuerpo, besándome y lamiéndome con una pasión cruda y hambrienta que fue toda una revelación para mí.

Pensé que estaba empezando a entender algo sobre ella.

La primera señal fue su timidez, la forma en que me miraba humildemente cuando me preguntaba algo.

Y luego esa mirada anhelante, casi sumisa en sus ojos.

Y pidiéndome que no me duche, que permanezca sudorosa y sucia.

Sabía lo suficiente sobre varios tipos de gustos pervertidos en el sexo y la intimidad para saber que estos eran signos de comportamiento de sumisión sexual, de querer "adorar" el cuerpo de un amante.

Esta fue la primera vez para mí, no solo para estar con una amante pasiva como esta, sino para que ella sea una mujer hermosa que disfruta del sexo con otra mujer por primera vez.

Nunca había estado con una mujer que nunca había tenido sexo con otra mujer.

Deslizó su lengua por mis piernas hasta que llegó al pie.

Luego respiró hondo y consumió cada centímetro de mis pies, lamiendo las plantas de los pies, chupando cada uno de mis dedos.

Y luego, finalmente, separó mis piernas y puso su rostro entre ellas, a punto de lamerme.

Pero la detuve.

"¿Sabes dónde estoy realmente sudada y pegajosa?" Yo le pregunté.

"No, ¿dónde?" dijo ella, jadeando suavemente, con una excitante servidumbre en sus ojos.

"Ahí mismo", le dije, girando mi barriga y señalando entre mis nalgas. "Justo ahí".

"¡Oh, Dios!" jadeó al darse cuenta de lo que le estaba ofreciendo ... mi trasero.

"Métete dentro y disfrútalo", le dije, abriéndome a ella.

No podía esperar mientras enterraba su rostro en la grieta húmeda entre mis nalgas, lamiendo ese cálido pliegue salobre, sus suaves mejillas frotando contra mis pegajosas nalgas.

"Pídeme que lo haga", rogó. "Oblígame a hacerlo."

Entonces era cierto, había una faceta sumisa en Stella.

"¡Lame mi trasero!" Grité "¡Lámemelo! ¡Lame mi ano sudoroso, puta! ¡Muéstrame cuánto lo amas pequeña zorra!"

Estiré la mano para presionar su rostro con fuerza entre mis nalgas mientras sondeaba con su lengua.

"Estoy toda sudada por todo ese baile vigoroso y lo estás lamiendo y amando, ¿no?" Dije.

"Sí, sí ..." dijo ella.

"¿Si qué?" Yo pregunté.

"Sí, me encanta lamer tu sudoroso ... tu ..." ella dudó, incapaz de pronunciar las palabras.

"¡Mi ano sudoroso!" Dije.

"¡Sí, sí ... tu culo! Tu sudoroso ... uh ... uh ... ¡agujero! ", Jadeó, volviendo a ella.

Solo que ella usó la palabra 'agujero', y lo dijo tan emocionada que eso me dijo algo.

Pensé en que intentaría otra cosa ahora, así que la aparté de mí y me senté al borde de la cama.

"¡Ponte de rodillas y con las manos en el suelo ahora mismo, puta!" Grité

Ella se colocó ansiosamente sobre sus rodillas mostrándome el culo.

Bajé la mirada a su delicioso culo, la piel tensa sobre sus nalgas firmes.

"Eres una chica desagradable, ¿no? Mendigando para lamer mis pies sudorosos y mi culo salado" Me reí.

"Sí, sí, soy desagradable, ¡soy mala!" dijo ella, volviéndose para mirarme con una mirada mansa pero profundamente anhelante.

"Las chicas malas necesitan ser castigadas", dije mientras bajaba la palma de su mano sobre sus nalgas y comenzaba a azotarla.

"¡Oh, sí! ¡Oh, sí!" dijo ella, incapaz de contener su emoción ante el cumplimiento de una fantasía obvia.

Me sorprendió lo que estaba haciendo: azotar el trasero perfecto de una bella joven esposa que estaba sobre sus rodillas.

El camino hacia la infidelidad puede conducir a todo tipo de giros y vueltas, debe haber estado pensando.

Después de que sus dos nalgas estuvieran atractivamente rosas, volví a la cama y abrí las piernas.

"Ahora puedes lamer mi coño", le dije, señalándolo. "Aquí te corresponde adorarme ahora".

Lo miró como si fuera la cosa más hermosa que había visto en su vida.

Lo cual, en ese momento, bien podría haber sido así.

Como he mencionado, tengo una densa y espesa maraña de vello púbico entre mis piernas, así que, naturalmente, cuando bailo y sudo, mi arbusto púbico casi actúa como una esponja, absorbiendo el sudor.

Y, con mi intensa excitación añadida a esto, me empapé allí como creo que nunca antes había estado.

"Continúa, sorbe el sudor de mi vello", le dije, presionando su cabeza hacia abajo con firmeza.

Tomó partes de mi vello púbico entre sus labios y los chupó como si chupara el jugo de un mango.

Luego cavó más profundo, lamiendo mi coño excitado y sudoroso.

Ella era cruda e incómoda y un poco irregular en sus movimientos.

En parte, esta era la emoción, y en parte era solo que ella era una novata en lo que estaba haciendo.

Pero había algo emocionante en la forma incómoda en que me lamió allí y eso, más que su técnica, era lo que ahora me excitaba tanto.

Estaba casi fuera de control lamiendo mi coño.

Era como si quisiera perderse allí, enterrar su rostro en toda esa carne húmeda ... salada ... quedarse allí para siempre.

La dejé deleitarse en mi humedad hasta que, finalmente, muchos minutos después, sentí esa oleada de placer eléctrico cuando finalmente me hizo llegar al clímax.

"¿Cómo estuvo? ¿Lo hice bien?" ella preguntó.

"Estuvo bien Stella," le dije.

"No, no lo estuvo. Nunca he hecho eso, todavía no sé cómo", insistió.

Le acaricié el pelo suavemente.

"Estuviste bien, Stella. Es como si dijeras, eres nueva en eso. Pero me hiciste tener un orgasmo. ¿No te dice eso algo?"

"¿Quieres ... serás mi maestra en el sexo con mujeres?" Preguntó con ojos suplicantes.

"Claro, Stella, seré tu maestra", le dije tranquilizadoramente.

"¡Oh, Dios!" dijo ella como una muchacha. "Ahora no solo voy a tomar clases de baile contigo".

"No, vas a tomar cunnilingus principiante, intermedio y avanzado. Y para cuando termine contigo estarás lista para encontrar tus propias principiantes".

En su rostro apareció una sonrisa de satisfacción libidinosa.

"Ahora, si me disculpas, necesito usar el baño".

De repente sus ojos se iluminaron.

"¡¿En serio ?!"

"Sí, así es", le dije, pero no pude evitar notar no solo el interés de Stella por escuchar esta noticia tan prosaica, sino su emoción.

"Uhmm ¿puedo entrar contigo y– y– mirar?" ella tartamudeó.

"¿Quieres verme usar el baño?" Yo sondeé.

"Uh huh" susurró, casi sin aliento con nerviosa excitación.

"¿Mirarme orinar?"

"Oh, sí."

Pero orinar no era lo único que necesitaba hacer.

"¿Mirar cómo cago también?"

Sus ojos se agrandaron; ella casi jadeaba.

"Oh, Dios, ¡sí!" Ella exclamo.

CAPÍTULO 5

Jugué algunos juegos de orina con una mujer una vez.

Pero esto era nuevo, esto era diferente.

Pero por alguna razón, de repente me excitó.

Tal vez solo era Stella, esta hermosa joven esposa con sus lujurias extrañas.

O tal vez una nueva lujuria que nunca supe que tenía se estaba desatando en mí.

"¿Dónde está tu baño?" Pregunté, y la seguí hasta allí, Stella estaba tan emocionada que podía escucharla respirar delante de mí.

Dejé caer mi sexy culo desnudo en el asiento del inodoro y abrí las piernas provocativamente mientras Stella se arrodillaba, con los ojos muy abiertos, sin pestañear.

"¿Qué quieres verme hacer ahora?" Ronroneé burlonamente.

"Pipí", susurró. Pensé que podía escuchar su corazón latir.

"Así", le dije, cuando comencé a orinar, una corriente poderosa salió de mi agujero mientras mantenía mis labios abiertos para que tuviera una vista perfecta.

"¡Oh, Dios mío!" jadeó, casi temblando, y supe que era un sueño hecho realidad para ella.

Probablemente había estado amamantando tales fetiches, lamiendo el coño y el culo sudorosos de otra mujer, sometiéndose a la disciplina de otra mujer, y ahora estos repentinamente revelaron deseos de ir al baño.

"¿Puedo sentirlo?" Preguntó, mirándome con ojos suplicantes y expectantes, extendiendo una mano, queriendo bajarla bajo mi flujo, bajo el chorro dorado de orina.

"Claro", le dije con dulzura, permitiéndola.

Deslizó una mano debajo, con la palma hacia arriba, y ahora estaba meando sobre sus dedos.

Ahuecó esa mano, recogió mi orina y se la llevó a la boca con gusto.

"Stella", le dije, bajando la mano y envolviendo una mano detrás de su cabeza, acercándola, "adelante y bébelo directamente de la fuente".

Con los ojos brillantes de excitación sin aliento, abrió la boca justo debajo de mi raja mientras le orinaba entre sus labios, ansiando el néctar.

"Amas mi orina, ¿verdad?"

Ella asintió, bebiendo, viendo como pipí salía de las comisuras de sus labios.

Tenía muchas ganas acumuladas.

De hecho, cuando entramos en su casa, tenía la intención de usar el baño, hacer pipí y cagar, y luego tal vez pedirle de nuevo que quería bañarme antes de meternos en algo.

Pero Stella no me dejó hacer nada de eso al poner sus ansiosas manos sobre mí en cuanto entramos.

Finalmente, la corriente se convirtió en un goteo.

"Y ahora creo que sabes lo que tengo que hacer a continuación", dije medio en broma.

"Uh sí", dijo ella, todavía sin aliento, tragando, "¡Mierda, mierda!"

"¡Sí, mierda, Stella, mierda solo para ti! "

Podía sentir cuán llena estaba dentro y estaba bien lista para comenzar, cuando Stella me detuvo con una mirada suplicante y una mano en mi muslo.

¿Te gustaría, te importaría voltearte en el asiento del inodoro para que yo pueda verlo salir? ", Preguntó ella, con una expresión casi dolorida en su rostro.

Todo esto fue muy extraño, pero de alguna manera repentinamente bastante atractivo.

Siempre fui una mujer experimental, desinhibida, con un gusto por lo extraño.

"Claro, no hay problema", dije, levantando mi trasero del asiento del inodoro, girando y sentándome a horcajadas en reversa con mi espalda hacia Stella.

Y sabiendo que quería sobre todo verlo, no bajé mi trasero hasta el asiento del inodoro y me senté en él, sino que me puse en cuclillas sobre el inodoro con mi ano todavía sudoroso (y bien lamido) vívidamente y completamente expuesto a su vista.

Nunca había sido particularmente tímida al usar un baño frente a otra chica, tal vez porque cuando era joven mis padres vivieron en Francia durante unos años y me enviaron a un internado donde las chicas usábamos baños públicos.

¡Pero nunca antes había cagado con la cara de otra mujer a solo unos centímetros de mi ano, mirando al frente!

"Aquí va", dije, un poco sorprendido por todo esto, por lo que estaba a punto de hacer.

Y luego comencé a expulsar lo que podía sentir era un mojón de mierda realmente grande y gordo.

Sería uno de esos mojones de mierda.

Me alegré y tuve la sensación de que Stella, arrodillada detrás de mí y mirando, también estaba feliz.

Cuando mi ano se dilató y la mierda comenzó a salir, y el marrón se mostró vívidamente, Stella simplemente se quedó sin aliento por el asombro, como si de repente contemplara alguna maravilla de la naturaleza.

Y tal vez para ella mi mierda fuera eso.

"Tan hermosa", susurró, con ternura en su voz mientras sonreía.

"¿Crees que mi mierda es hermosa?" Dije mientras seguía cagando.

"¡Oh si!" dijo con entusiasmo, "me excita mucho verla, verla salir de tu trasero, verte cargar mierda. Umm ¿puedo t- t- tocarla?"

"Quieres tocar mi mierda", dije maravillada, el largo tronco seguía saliendo.

"Sí, sí, quiero tocarla".

"Bueno, adelante, tócala entonces", la insté.

Podía mirar en un espejo que ella tenía apoyado contra la pared y ahí ver a mi lado.

Vi a Stella detrás de mí, tentativamente estirando sus dedos, vi el tronco marrón emergiendo de mi trasero, sorprendida de lo grande y vívido que se veía desde este ángulo.

Y luego Stella lo estaba tocando, deslizando lentamente las yemas de sus dedos hacia arriba y hacia abajo a lo largo del gran y grasiento mojón marrón.

Ella no dijo nada.

Pero sus ojos estaban muy abiertos, hipnotizados.

"¿Tú ... crees que yo también podría lamerlo?" preguntó casi suplicante, con la voz quebrada.

Acababa de abrir la boca para tomar mi orina, así que no me sorprendió por completo esta solicitud.

"Claro Stella, adelante y lamerlo, lame mi mierda", le dije, atrevida en mi voz, instándola. "Adelante, lame ese mojón, caliente y fresco saliendo del horno"

Emocionada, inclinó su rostro más cerca y ahora estaba arrastrando su lengua hacia donde había arrastrado sus dedos hace unos momentos.

Y también podía sentir esa lengua cuando rodeaba el borde dilatado de mi ano, justo donde estaba saliendo la mierda.

Stella lamiendo el ano y la mierda con ansiosos parpadeos de su lengua.

Mientras seguía cagando, ella seguía lamiendo mi mierda con su lengua hasta que, finalmente, había vaciado mis intestinos, exprimiendo unos cuantos mojones más después de ese primero, Stella lamiendo con avidez cada uno a medida que salía de mí.

Incluso envolvió sus labios alrededor del último cuando lo empujé, dándole un poco de succión, como chuparías un consolador atado a una chica.

Esta joven esposa, tan tímida al principio y, sin embargo, tan emocionada, demostró ser una mujer muy sucia y no pude evitar recordarlo de manera burlona.

"De rodillas, chupando mi mierda, si solo otros pudieran verte".

"¡Oh, Dios! Ni siquiera digas eso", jadeó, sonrojándose, luego riéndose como una colegiala ligeramente culpable pero felizmente malvada que compartía un secreto con otra.

Terminé de usar el inodoro, terminé de orinar y cagar, alcancé el rollo de papel higiénico.

Pero Stella me agarró suavemente la muñeca y me detuvo.

"Déjame lamerte para limpiarte", dijo, "¿puedo?"

"Por supuesto que puedes", le dije, levantándome del inodoro mientras Stella, de rodillas, se tomaba su tiempo hermoso.

Se tomó muchos minutos lamiendo para limpiar mi arbusto púbico empapado en orina y mi coño sudoroso, y luego mi pegajoso y marrón ano.

Finalmente se levantó y me miró, con los ojos muy abiertos, casi en trance, su cara desordenada como la de una chica descuidada, húmeda con mi pipí y manchada de marrón por la mierda.

Incluso sacaba la lengua como una colegiala, tímidamente pero un poco lasciva, dejándome ver que estaba cubierta de marrón por la limpieza.

De alguna manera, ella se veía tan absoluta, deliciosamente deseable, desenfrenada y recatada.

Una belleza encantadora y feliz cuyas simples depravaciones se desataron.

Esa expresión en su rostro no tenía precio al igual que sus siguientes palabras, tan amorosamente dichas.

"Bésame, por favor bésame ..."

Me estaba pidiendo que la besara, que la besara después de que ella me lamiera dejándome limpia, lamiera la orina de mi coño y la mierda de mi agujero.

¿Podría, haría esto?

¿Saborear mis propios desechos en los labios de esta belleza, en su lengua?

Me consideraba una mujer muy experimentada, seductora, sexualizada y desinhibida.

Pero esto era nuevo para mí, definitivamente estaba fuera de lo común.

Pero ahora, mirando esos grandes ojos color avellana dulce, embelesada por esa mirada tierna, amorosa, ansiosa, casi desesperada, no pude evitarlo.

Mientras la envolvía con mis brazos, atrayendo su cálido y suave cuerpo hacia el mío, sintiendo sus senos contra los míos propios mientras apretaba mis labios contra los de ella y la besaba, besaba a Stella.

La besaba apasionadamente, abría la boca, giraba la lengua, saboreaba, saboreaba lo que había excretado de mi cuerpo, la orina, la mierda, lo que Stella ansiaba ansiosamente.

Compartiendo esta profunda intimidad que ahora compartimos dos mujeres.

.

FIN